CÍRCULO SECRETO

Série Diários do Vampiro

O despertar
O confronto
A fúria
Reunião sombria
O retorno – Anoitecer
O retorno – Almas sombrias
O retorno – Meia-noite
Caçadores – Espectro
Caçadores – Canção da Lua
Caçadores – Destino

Série Mundo das Sombras

Vampiro Secreto
Filhas da escuridão
Submissão mortal

Série Círculo Secreto

A iniciação
A prisioneira
O poder
A ruptura
A caçada

Série Diários de Stefan

Origens
Sede de sangue
Desejo
Estripador
Asilo

Série The Originals

Ascensão
A perda

L.J. SMITH

CÍRCULO SECRETO

VOL. 5

A caçada

Tradução
Ryta Vinagre

1ª edição

— Galera —
RIO DE JANEIRO
2016

CIP-BRASIL. CATALOGAÇÃO NA PUBLICAÇÃO
SINDICATO NACIONAL DOS EDITORES DE LIVROS, RJ

Smith, L.J.
S646c   A caçada: círculo secreto, volume 5 / L. J. Smith; tradução de Ryta Vinagre. – 1. ed. – Rio de Janeiro: Galera Record, 2016.
(Círculo secreto; 5)

Tradução de: The Secret Circle: The Hunt
ISBN 978-85-01-07765-3

1. Ficção juvenil americana. I. Vinagre, Ryta. II. Título. III. Série.

16-34267   CDD: 028.5
                                                               CDU: 087.5

Título original:
The Secret Circle: The Hunt

Copyright © 2012 by Alloy Entertainment e L. J. Smith

Copyright da tradução © 2016 Editora Record LTDA.

Publicado mediante acordo com Rights People, London.

Produzido por Alloy Entertainment, LLC.

Todos os direitos reservados.
Proibida a reprodução, no todo ou em parte, através de quaisquer meios.
Os direitos morais do autor foram assegurados.

Texto revisado segundo o novo Acordo Ortográfico da Língua Portuguesa.

Editoração eletrônica: Abreu's System

Direitos exclusivos de publicação em língua portuguesa somente para o Brasil
adquiridos pela
EDITORA RECORD LTDA.
Rua Argentina, 171 – Rio de Janeiro, RJ – 20921-380 – Tel.: (21) 2585-2000,
que se reserva a propriedade literária desta tradução.

Impresso no Brasil

ISBN 978-85-01-07765-3

Seja um leitor preferencial Record.
Cadastre-se e receba informações sobre nossos
lançamentos e nossas promoções.

Atendimento e venda direta ao leitor:
mdireto@record.com.br ou (21) 2585-2002.

1

Cassie segurava o Livro das Sombras do pai e tremia. *Não haverá volta*, sentenciara sua mãe, mas ela agora olhava para Cassie com expectativa.

As páginas de borda dourada do livro eram enlaçadas por um cordão de couro, como um cinto fino e macio. Cassie o retirou, e voaram partículas de poeira enquanto o nó se desfazia, mas a capa do livro continuava no lugar.

— Não é tarde demais para você mudar de ideia — disse a mãe. — Tem certeza de que está preparada?

Cassie meneou a cabeça. Se aquele livro continha os segredos para derrotar a meia-irmã Scarlett e salvar o Círculo dos caçadores, não havia nenhuma dúvida. Era seu dever estudá-lo.

Com cuidado, ela o abriu. A lombada estalou e parecia que os olhos de Cassie se fundiam à página. O texto no papel amarelado era composto por frases contorcidas e símbolos arcaicos. A espiral de cada golpe da pena parecia proibida, como se Cassie revelasse algo que não era para seus olhos.

Porém, antes que Cassie conseguisse processar exatamente o que via, o livro esquentou em suas mãos, e o calor atingiu um nível alarmante. Em segundos, a pele de seus dedos chiava, e Cassie não parava de gritar. A carne se fundiu ao livro, e ela não conseguia retirar as mãos, apesar da dor da queimadura.

Embora o medo tomasse conta de seu rosto a mãe agiu rapidamente ergueu a mão e com um golpe largo arrancou o livro de Cassie, jogando-o no chão.

Um gemido de alívio ecoava da menina, mas os danos já haviam sido feitos: as mãos, queimadas e vermelhas, latejavam e criavam bolhas.

Ela olhou a mãe, apavorada.

— Você disse que era só um livro.

— E era... Ou eu pensei que fosse. — A mãe examinou a gravidade dos ferimentos. Em seguida, olhou onde o livro caíra, de capa para baixo, no piso de madeira. Aproximou-se dele com cautela, pegou-o sem problemas, fechou e amarrou bem o cordão.

— Por enquanto, vou colocar isso em um lugar seguro — disse ela. — Me desculpe, Cassie. Eu não sabia o que aconteceria. Nunca vi nada parecido.

— Não entendo. — Cassie olhava boquiaberta para a mãe, confusa, procurando respostas. — Você disse que eu precisava deste livro para derrotar Scarlett, mas como posso estudar se nem mesmo consigo segurá-lo?

A mãe balançou a cabeça.

— Não sei. Deve estar enfeitiçado, para evitar que seja aberto por qualquer um que não seja seu dono.

❖ 6 ❖

— Então, preciso descobrir como romper o feitiço. Scarlett está em algum lugar, querendo me matar. O livro é minha única esperança para enfrentá-la.

A mãe levantou a mão interrompendo a ansiedade do pensamento de Cassie.

— Uma coisa de cada vez. Nossa prioridade é cuidar dessas queimaduras. Acho que você já teve agitação suficiente por uma noite.

Ela tocou rápida e amorosamente o ombro da filha e levou o livro para fora de sua vista.

Quando voltou com um punhado de gaze e pomada, a mente de Cassie estava acelerada novas perguntas e preocupações sobre os amigos que haviam sido marcados pelos caçadores.

— A vida de Faye e Laurel pode estar dependendo de eu conseguir abrir este livro — disse Cassie. — Tenho de tentar novamente.

Desolada, a mãe se sentou ao lado da filha.

— Faye e Laurel correm um grave perigo. — Ela pegou as mãos de Cassie e começou a fazer os curativos. — Mas existem duas etapas para os caçadores de bruxas matarem um bruxo: pegam você fazendo magia e você está marcada, e só aí podem realizar a maldição da morte. Se conseguirmos deter os caçadores antes da segunda etapa, suas amigas vão ficar bem.

A maldição da morte. Cassie se lembrou da marca do caçador, que havia surgido depois da maldição, na testa de Constance, tia de Melanie, no dia de sua morte. O Círculo nem sabia que os caçadores a haviam marcado, só quando já era tarde demais.

❖ 7 ❖

— Por que os caçadores simplesmente não fazem a maldição da morte logo depois de marcarem alguém? — perguntou Cassie. — Por que esperar?

— Porque é preciso apenas um caçador para marcar alguém, mas a maldição da morte exige vários deles. — Sua mãe fez os curativos nas queimaduras com rapidez e eficiência, como uma enfermeira de campo de batalha. — É um processo, muito parecido com um feitiço, e não pode simplesmente acontecer a qualquer hora.

Cassie estremeceu com o toque da gaze áspera na carne viva.

— Então, Faye e Laurel vão precisar de proteção — continuou a mãe. — Mas, esta noite, a única coisa que você fará é descansar.

Cassie assentiu. Ainda tinha muitas perguntas, mas a dor a deixava cansada. Foi para o conforto de sua cama e sentiu os olhos pesarem. Deixou que se fechassem enquanto o sono a dominava. Porém, mesmo no escuro suave das pálpebras, Cassie via o contorno reluzente do livro do pai brilhando no escuro.

Na manhã seguinte, a mente de Cassie ainda corria em círculos enquanto ela esperava, na varanda da frente que Adam a buscasse para a escola. Tentou relaxar, admirar o sol que brilhava avermelhado nas janelas de cada casa da escarpa, mas eram muitos os motivos para ficar ansiosa. Na semana anterior, Cassie descobriu que a meia-irmã queria matá-la e assumir o Círculo — e quase conseguiu. Tiveram um confronto em Cape Cod, e Cassie afugentou Scarlett, mas ela levara as Chaves Mestras.

E, como se não bastasse, havia também a questão dos caçadores. Agora o Círculo tinha certeza de que Max e seu pai — o diretor Boylan — eram caçadores de bruxos. Já haviam marcado Laurel e Faye com o símbolo do caçador e provavelmente conheciam a identidade de todos os membros do Círculo.

Cassie baixou os olhos para a tinta cinza que descascava da varanda. *Esta casa velha*, pensou ela, *esta cidade antiquada*. Não havia como escapar de sua história antiga.

Era um dia ensolarado e sem vento, mas como Cassie podia desfrutar disso? Ela puxou as mangas do moletom roxo com capuz sobre as mãos para cobrir as queimaduras. Se pudesse, ela própria teria desaparecido completamente no algodão macio. E então ela ouviu alguma coisa — um farfalhar nos arbustos. *É só a brisa*, disse a si mesma, mas nem uma só folha de grama se mexia.

Ouviu um esmagar de folhas. Vinha de sua esquerda, pela fila de arbustos que ladeavam a calçada até a porta lateral da casa — um lugar oportuno para um invasor, ou para Scarlett entrar furtivamente.

A passos leves pelos tacos instáveis da varanda, Cassie se aproximou mais do som. Os arbustos se mexeram de novo — desta vez consegui ver com os próprios olhos — e ela gritou, "Scarlett!"

Um gato magrelo e alaranjado disparou da sebe que se mexia, zunindo por Cassie e subindo numa árvore vizinha. A presa do gato acabou ficando na grama por aparar: um camundongo de aparência lamentável. Cassie suspirou. Gargalharia, se não estivesse tão constrangida.

Ela voltava à varanda no momento em que Adam estacionou o carro ao meio-fio. Seu coração ainda não tinha voltado ao ritmo normal quando ela se sentou no banco do carona do velho Mustang e se curvou para lhe dar um beijo.

— O que você estava fazendo no quintal? — perguntou Adam, enquanto arrancava e pegava a Crowhaven Road. — Correndo em círculos? Você está toda suada.

— É assim que você cumprimenta sua namorada? — brincou ela. — Dizendo que ela está transpirando?

Adam sorriu.

— Só estou dizendo que você parece quente, só isso... Quente e úmida. — Ele esperou que ela risse e, como Cassie não o fez, ele virou a cabeça de lado para ela, como quem se desculpa.

Cassie gostava do senso de humor de Adam, mesmo quando ele implicava com ela. Por mais medonho que fosse o problema com os caçadores e com Scarlett, Adam ainda conseguia deixar as coisas menos tensas. Cassie precisava disso, agora mais do que nunca.

Ela se concentrou na faísca dos olhos cinza-azulados e pensou no cordão prateado, aquele misterioso vínculo que ligava a alma de Adam à dela. O que significaria a visão que teve de um cordão também ligando Adam a Scarlett na noite da batalha? Será que teria sido apenas sua imaginação? Cassie mal conseguia pensar nisso. Segurou a mão de Adam e entrelaçou seus dedos nos dele.

— Isto é do incêndio em Cape Cod? — perguntou Adam. Ele levantou a manga da blusa de Cassie, revelando os pontos queimados na mão esquerda. — Eu não tinha percebido que estava tão ruim antes. Está piorando?

❖ 10 ❖

Cassie continuou em silêncio, sem saber como explicar essas novas marcas no corpo, mas isso levou Adam, equivocadamente, a acreditar ter razão a respeito de sua origem.

— Precisamos encontrar Scarlett — disse ele. — Ela precisa pagar por isso e por tudo que fez. — Cassie ainda não sabia o que dizer; a situação era muito mais complicada do que isso.

— Como pode ficar sentada aí calma desse jeito? — Ele tirou os olhos da rua por um momento, fitando Cassie. — Você foi física e, talvez permanentemente marcada por ela. Não podemos deixar que escape assim.

— Essas queimaduras não são da minha batalha com Scarlett — revelou Cassie, mais abruptamente do que pretendia. — São da noite passada.

Adam reduziu o carro, quase parando.

— Da noite passada? O que aconteceu ontem à noite?

À esquerda, Cassie viu um ônibus escolar abarrotado zunir por eles. Atrás deles, um motorista frustrado buzinava.

— Não quero esconder nada de você — disse ela. — Mas, se eu te contar alguma coisa, preciso que fique entre nós.

Adam encostou o carro na rua e desligou o motor, sentindo que aquilo exigia toda a sua atenção.

— Acho que a essa altura isso não precisa ser dito, mas você pode confiar em mim.

Eles haviam estacionado na frente da Sprinkles Donut Shop, e o ar tinha cheiro de doce e glacê.

— Minha mãe me deu uma coisa ontem à noite. Algo que esteve escondido na casa da minha avó por muito tempo — disse Cassie, depois se interrompeu. Sabia que, mesmo que contasse tudo a Adam, e ele não a julgaria, mas ainda era difícil pronunciar as palavras.

— Não me diga que há outras Chaves Mestras de que não sabemos. Seria incrível. — A voz de Adam era esperançosa de um jeito que partia o coração de Cassie.

— Não. Mas é algo que pertencia a Black John.

Adam endireitou a postura ao ouvir o nome e ficou ali, imóvel e gélido.

— Eu tenho o Livro das Sombras dele — confessou Cassie.

Ela viu a expressão de Adam passar da apreensão para a empolgação.

— Está falando sério?! — exclamou ele. — Tem ideia de o quanto podemos aprender com este livro?

— E tem mais — disse Cassie, antes que Adam pudesse continuar. — Quando o abri, parecia que o livro tinha se voltado contra mim, como se estivesse vivo em minhas mãos. Semelhante a quando as Chaves Mestras se voltaram contra mim, na luta com Scarlett.

Adam assentiu, lembrando-se de que as Chaves obedeceram à magia negra de Scarlett. Queimaram a pele de Cassie pouco antes de se soltarem de seu corpo e voar para as mãos estendidas de Scarlett.

— Isso explica as queimaduras. Mas qual é a ligação entre as duas coisas?

— Acho que ele está enfeitiçado — sugeriu Cassie. — Alguma coisa para evitar que as pessoas erradas o peguem. De qualquer modo, não consegui lê-lo. Está escrito em uma língua antiga que nunca vi. Nem mesmo parecem palavras.

— Precisamos pedir à Diana que procure informações no Livro das Sombras dela. — Imediatamente, Adam entrou no modo estrategista. — Deve haver um jeito de romper o feitiço do livro. E podemos todos começar a pesquisar a língua. Há uma possibilidade de ser sumério ou até cuneiforme. Os ancestrais de Black John remontam muito ao passado.

— Adam. — Cassie o interrompeu. — Lembra que você concordou que isso ficaria entre nós?

A expressão de Adam exibiu desânimo. Ele virou a cara por um momento.

— Mas isso foi antes de saber do que se tratava.

— Me desculpe. Mas preciso entender mais disso antes de envolver o resto do Círculo. É sobre mim e o meu pai.

— É um problema muito grande. — A voz de Adam atingiu aquele tom que ele sempre usava ao se exasperar. — Uma hora vamos ter que contar para o Círculo.

— Eu sei — disse Cassie com a maior gentileza que pôde. Ela se lembrou de que a paixão e a perseverança de Adam eram os traços preferidos dela. — Só preciso de um tempinho.

Ela mexeu nos poucos fios de cabelo castanho-avermelhados que tinham caído sobre os olhos dele.

— Por enquanto, que seja um segredo só nosso.

Adam concordou com a cabeça, percebendo que estava pressionando demais.

— Tudo bem. Mas, nesse meio tempo, quero ajudar como puder. Vou pesquisar; qualquer coisa que você precise. É só me dizer.

Cassie sentiu os ombros relaxarem.

— Obrigada. — Ela estendeu a mão para ele. — Por enquanto, só vou precisar do seu apoio.

— Sempre. — Adam levou a mão ferida de Cassie a seus lábios quentes e a beijou.

— Também preciso de um donut com cobertura de chocolate da Sprinkles — acrescentou ela.

— Seu desejo é uma ordem. — Adam se curvou, encostou os lábios na boca de Cassie e a beijou sem inibições. Era bom e parecia certo. Talvez ainda houvesse esperança para aquele dia.

2

Cassie estava sentada na aula de história do terceiro período, ponderando sobre (a) o Congresso Continental e (b) a Câmara dos Deputados em seu teste surpresa, quando um inspetor veio à porta e entregou à Srta. Darby uma tira de papel cor-de-rosa.

— Laurel — chamou a Srta. Darby. — O Sr. Boylan quer vê-la na sala dele agora.

A cabeça de Cassie disparou para cima. Não podia deixar que Laurel ficasse sozinha com o diretor porque ele era um caçador de bruxas, e Laurel havia sido marcada.

Laurel olhou para Cassie, depois para a Srta. Darby.

— Mas ainda não terminei meu teste.

— Pode terminar depois da aula — respondeu a professora. — O diretor não retiraria você da sala se não fosse importante.

Laurel hesitou.

— Vá. — A Srta. Darby apontou a porta. — Se estiver com algum problema, certamente não ajudará em nada ficar aqui e deixá-lo esperando.

— Sim, senhora — disse Laurel.

Cassie a viu reunir os livros, temerosa. O que poderia fazer para impedi-la?

Laurel entregou sua prova à Srta. Darby e seguiu o inspetor porta afora, olhando para Cassie uma última vez por sobre o ombro.

Não havia outros membros do Círculo na turma, então somente Cassie poderia fazer alguma coisa. De um jeito ou de outro, ela precisava entrar na sala do diretor, pois a vida de Laurel podia estar em perigo.

Cassie rapidamente preencheu os espaços em branco da prova e correu para a frente da sala.

— Terminei, Srta. Darby. — Colocou-se ao lado dela e mordeu o lábio. — E não estou me sentindo muito bem. Posso ir à enfermaria?

A Srta. Darby olhou para Cassie, tentando discernir se ela estava fingindo.

Cassie engoliu em seco, pigarreou e curvou-se para a frente como se fosse vomitar na mesa da Srta. Darby.

— Pode ir — disse a professora, e Cassie disparou para o corredor.

Correu por todo o caminho, ignorando várias ordens de professores para ir mais devagar, e chegou ofegante à sala do diretor. De imediato, sentiu uma energia no ar — algo sombrio e soturno. A porta da sala do Sr. Boylan estava fechada.

— Olá, Cassie. Em que posso ajudar? — perguntou a Sra. Karol, a secretária de faces eternamente rosadas do diretor.

— É uma emergência. — Cassie pegou de surpresa a Sra. Karol. — No ginásio de esportes. Uma briga ou coisa

❖ 16 ❖

assim, não sei bem, mas as pessoas gritavam para mandar o diretor lá agora mesmo.

— De novo, não. — A Sra. Karol saiu de sua cadeira e apressou-se à porta do diretor. Bateu com ansiedade ao girar a maçaneta e entrar.

— Desculpe-me interromper — disse ela —, mas acho que temos uma briga no ginásio.

O Sr. Boylan recuou de repente, afastando-se de Laurel, no momento em que a porta se abriu. Ajeitou o cabelo grisalho e o terno cinza.

— Estou um tanto ocupado aqui.

Ele foi até a mesa, pegou uma caneta e uma pasta manilha, presumivelmente para dar uma aparência mais oficial.

— E quantas vezes preciso lhe dizer que não pode simplesmente invadir minha sala desse jeito?

— Não brigue comigo — disse a Sra. Karol, com o sorriso luminoso intacto. — Não é minha culpa se seus alunos se comportam como animais selvagens. — Ela entrou na sala e o pegou pela manga do paletó sofisticado. — Agora, vamos logo. O senhor é o único que pode cuidar disso.

Cassie localizou Laurel sentada à frente da grande mesa de carvalho do Sr. Boylan. Acenou para atrair sua atenção, mas Laurel estava inteiramente alheia a tudo que acontecia ao seu redor. Estava pálida como um fantasma, e os olhos, focados em um ponto invisível à frente.

Bufando, o Sr. Boylan acompanhou a Sra. Karol em direção ao ginásio.

— Vamos resolver isso rapidamente — disse ele, e então notou a presença de Cassie pela primeira vez. — Não vou demorar muito — dirigiu-se a Laurel, enquanto olhava diretamente para Cassie. — Vamos retomar do ponto que paramos quando eu voltar. Pode contar com isso.

Parecia uma ameaça dirigida às duas. Cassie estremeceu ao pensar no que teria encontrado se chegasse alguns minutos mais tarde.

Laurel ainda não movera um músculo, mesmo depois de o diretor e a Sra. Karol saírem de vista. Cassie correu até ela e a sacudiu pelos ombros delicados e finos.

— Você está bem? O que ele fez com você?

Aos poucos, o rosto de Laurel voltou à vida, e ela enfim notou Cassie parada ali.

— Precisamos sair daqui. — Ela deu um salto da cadeira e correu para a porta.

Cassie a segurou pela mão e a levou pelo corredor até a ala de ciências.

— Fique longe do ginásio de esportes — afirmou ela, enquanto conduzia Laurel na direção contrária. Era só uma questão de tempo até o Sr. Boylan perceber que não havia briga nenhuma. — Precisamos nos esconder em algum lugar. Pelo menos até o sinal tocar.

Naquela ala, havia um armário de estoque destrancado, para onde Cassie guiou Laurel e fechou a porta.

— Aqui tem cheiro de formaldeído — disse Laurel.

Cassie não tinha coragem de alertá-la, uma ávida amante dos animais, sobre os fetos de porco dentro de vidros bem atrás dela.

— Tem razão, tem mesmo. — Foi só o que Cassie disse, depois puxou Laurel num abraço. — Estou feliz que você esteja bem.

Em meio a incontáveis prateleiras de frascos de vidro e óculos de segurança, Laurel se permitiu chorar e explicou que o Sr. Boylan a tinha interrogado, tentando arrancar informações sobre seus amigos.

— Ele ficou me perguntando sobre todo mundo do Círculo, pelo nome — disse Laurel. — E perguntou sobre nossas famílias. Ele sabe que todos nós somos bruxos, Cassie, e quer marcar cada um de nós.

Aos poucos, Cassie foi encaixando as peças.

— Então, só podemos fazer magia quando descobrirmos como impedi-lo.

Os olhos de Laurel se encheram de lágrimas novamente.

— Você está bem agora — garantiu-lhe Cassie. — E não está sozinha. Vamos pensar num jeito de salvar você. Eu prometo.

— Como? Estamos numa enrascada, Cassie. Não é nada parecido com o que já enfrentamos. — Laurel começou a chorar com tal intensidade que Cassie teve medo de que alguém no corredor a ouvisse. — Não quero morrer.

— *Shhh*. Ninguém vai morrer. — Cassie baixou a voz a um sussurro. — Estive conversando com minha mãe sobre o meu pai. Na noite passada mesmo, na verdade. E estou aprendendo umas coisas, Laurel. Coisas antigas que vão nos ajudar.

O choro de Laurel se abrandou, e ela enxugou as lágrimas das bochechas rosadas.

— Sério?

— Sério. Quando meu pai era jovem, salvou um amigo da minha mãe que tinha sido marcado. Sei que isso pode ser feito.

— E acha que vamos descobrir como ele fez?

— Sei que consigo — respondeu Cassie. Contou tudo em que podia pensar para ajudar Laurel a se acalmar, mas, no íntimo, temia que estivessem ficando sem tempo. Ela precisava fazer algo a respeito disso, e sobre o livro do pai, antes que os caçadores os pegassem, um por um.

3

Faixas brancas e cor-de-rosa anunciando o baile da primavera pendiam das quatro paredes do refeitório da escola. Em um dia diferente, ou talvez numa vida diferente, Cassie teria ficado animada com o baile. Mas, no almoço daquela tarde, só tratariam de negócios. Suzan chegou um pouco depois dos outros e baixou a bandeja na mesa com entusiasmo, aparentemente sem notar o estado de espírito do grupo.

— Já está na hora? Temos de fazer compras antes que todos os vestidos desapareçam.

— Tá falando sério que é nisso que você está pensando agora? — disse Melanie, com comida na boca. — Num baile idiota?

Suzan cruzou os braços por cima da blusa azul-celeste.

— Temos de agir normalmente, não é? Assim não pareceremos suspeitos ao diretor, nem a ninguém. Só estou agindo normalmente.

— Você pode agir como quiser, desde que não faça nenhuma magia — anunciou Cassie. — O diretor sabe quem somos. Confirmamos isso hoje de manhã.

❖ 21 ❖

Suzan assumiu uma cadeira entre Faye e Deborah.

— Ah. — Ela afastou a bandeja, desanimada. — Ninguém me contou. Sou sempre a última a saber de tudo.

Cassie olhou os amigos à mesa. É claro que os caçadores já os identificaram. Não só eles estavam sempre juntos, como nenhum deles parecia comum, nem mesmo quando estavam sozinhos. Adam e Nick, os irmãos Henderson e até Sean se comportavam com uma altivez e independência que os distinguiam dos outros garotos da escola. Seus colegas ficavam apavorados e assombrados com eles. Não era diferente com as meninas. Diana era a mais admirada, e Faye, a mais temida — mas Laurel, Melanie, Deborah e Suzan não pareciam menos intrigantes a seus colegas de turma. Algo nelas cintilava. Elas eram diferentes das outras meninas da escola; seus problemas eram muito maiores do que meninos e roupas. Era idiotice de Cassie supor que qualquer um deles podia continuar incógnito para os caçadores.

— Depois do que aconteceu hoje cedo — disse Diana em voz baixa —, a escola não é mais um lugar seguro para aqueles de nós que foram marcados. — Ela dirigiu o comentário a Laurel, mas esta se limitou a mexer no sanduíche, sem comer ou erguer a cabeça. Cassie nunca a vira tão deprimida, nem quando os caçadores queimaram o símbolo no gramado da frente de Laurel.

Faye também fingiu não ter ouvido o alerta de Diana. Recusava-se a reconhecer que havia sido marcada. Cassie notou que ela ainda usava o colar de opala que Max lhe dera, aquele estampado com o símbolo do caçador.

— Pode tirar isso. — Cassie apontou o colar. — Não precisa ficar usando como uma espécie de letra escarlate.

Faye balançou a cabeça em negação.

— Não vou dar a entender que sei da marca. Ele não é o único que pode fingir ser quem não é.

Deborah assentiu, apontando o garfo de plástico para Faye, como uma lança.

— Você devia dar a ele uma prova do próprio remédio. Max te enganou e agora você tem que revidar.

— Ele está ali. — Sean voltou os olhos, que pareciam contas, pelo refeitório na direção de Max, e Faye rapidamente passou outra camada de gloss vermelho nos lábios.

— Você sinceramente acha que a vingança é a melhor ideia agora? — perguntou Diana. — Já escapamos por pouco de um caçador hoje. Não precisamos de outro.

— Relaxa, D. — Faye torceu os lábios num sorriso. — Precisamos de informações sobre os caçadores, e ele é o nosso meio para obtê-las. Vou sondar o cara, no estilo agente duplo. Assista e aprenda.

Sem dizer mais nada, Faye se levantou e foi rebolando até Max, encontrando-o no meio do caminho enquanto ele se aproximava. O rapaz estava vestido para o treino de lacrosse e carregava a bolsa esportiva. Faye tirou a bolsa dele, largou a seu lado e fingiu estar apaixonada como sempre. Puxou-o para perto e o beijou com paixão.

— Senti sua falta — disse ela, alto o bastante para o Círculo ouvir.

Max colocou os dedos nos lábios, agora meio cobertos pelo mesmo gloss vermelho de Faye.

— E eu, a sua — disse ele.

Max era alto e musculoso, tinha cabelo castanho-claro. Sua voz era áspera, e ele tinha um eterno sorriso torto. Era o tipo de cara que fazia Faye desfalecer. Não admira que ela tenha baixado a guarda o bastante para ser marcada por ele.

❖ 23 ❖

O resto do Círculo viu Faye sussurrar no ouvido de Max e ele lhe responder em voz baixa.

— Acha que ele está caindo nessa? — perguntou Sean.

— Parece que sim. — Doug balançou a cabeça de rebeldes cabelos louros. — Está agindo como sempre. Como um palerma apaixonado.

— Mas ninguém sabe se ela vai conseguir obter alguma informação dele — disse o irmão gêmeo.

Melanie duvidava, como sempre.

— De jeito nenhum ele vai entregar alguma coisa sobre os caçadores. Ele pode até achar que Faye está caída por ele, mas não é idiota.

— Mas talvez Faye consiga enganá-lo para ele nos levar aos outros — disse Nick. Ele estava sentado na mesa do refeitório, curvado, com os pés numa cadeira. — Deve haver mais caçadores na cidade, não só Max e seu pai.

Melanie revirou os olhos cinzentos.

— Ah, tá, com certeza Max terá o prazer de nos apresentar a todos os seus amigos caçadores. Talvez ele até dê uma festa.

Cassie ainda observava a conversa de Max e Faye. Era quase cômico, os dois fingindo gostar um do outro, quando na realidade eram inimigos jurados. Mas o rosto de Max não traía nada além do que ele pretendia. Era ele quem comandava, e Cassie via que era bom demais para desmoronar sob pouca pressão.

Depois de alguns minutos da farsa, Faye enfim desistiu. Curvou-se e deu um último beijo em Max antes de voltar ao grupo. Max acenou ao passar por eles a caminho da academia, abrindo seu sorriso perfeito — mas, para Cassie, ele dirigia o sorriso somente a Diana.

— Bom, foi um fracasso — disse Faye. — Ou ele é um ótimo ator, ou não sabe nada do que aconteceu de manhã na sala do diretor. Falei da minha amiga Laurel, e ele perguntou qual delas era.

— Ainda não podemos abusar da sorte — aconselhou Diana. — Acho que está na hora de você se distanciar dele e do pai.

— Acho que Diana tem razão — concordou Cassie. — Precisamos estabelecer regras novas.

— Ah, é disso mesmo que este Círculo precisa. — Faye voltou à sua cadeira. — Mais regras.

— O que você propõe? — perguntou Diana, ignorando Faye. — Estamos ouvindo.

Cassie percebeu que tinha toda a atenção do grupo. Eles a olhavam esperançosos, como se ela tivesse alguma panaceia secreta para resolver todos os seus problemas. Ela pigarreou e tentou pensar rapidamente em algo.

— Bom, a gente sabe que os caçadores não conseguem marcar ninguém sem testemunhar a magia. Mas, depois que são marcados, o passo seguinte é a maldição da morte, o que significa morrer. Morrer definitivamente.

— Isso é para nos animar? — perguntou Sean.

— Deixe que ela termine. — Nick fuzilou Sean com seu profundo olhar cor de mogno.

— Acho que precisamos montar um sistema de pares. O caçador não pode lançar sozinho a maldição da morte em um bruxo. O melhor que podemos fazer é cuidar para não ficarmos sozinhos também — explicou Cassie.

Deborah soltou uma gargalhada.

— É essa a sua grande ideia? A gente andar de mãos dadas pelo corredor, como criancinhas na pré-escola?

— Eu não disse que era uma grande ideia. — Cassie ficou na defensiva. — Só faz sentido que aqueles marcados estejam com outro membro do Círculo o tempo todo. Inclusive durante a noite.

Os olhos cor de mel de Faye arderam.

— De jeito nenhum. Não vou concordar em ter uma babá. Prefiro morrer.

— Você pode morrer mesmo se não concordar com isso — disse Melanie. — É o único jeito de a gente ter certeza de que você e Laurel ficarão em segurança.

Laurel ergueu os olhos do almoço intocado. Não parecia mais ansiosa do que Faye em aceitar aquela nova regra.

— Mas, Cassie, antes você disse que conversou com a sua mãe sobre o seu pai, e que está aprendendo coisas antigas que podem nos ajudar.

Cassie ficou tensa. Podia sentir o olhar profundo de Adam sobre ela e jurou que podia, de fato, ouvir o maxilar de Diana se deslocar antes que qualquer palavra escapasse da sua boca.

— Que coisas antigas? — perguntou Diana, com certa desconfiança na voz.

Todo o refeitório pareceu cair em silêncio, e Cassie se remexeu, pouco à vontade.

— Eu só estava contando a Laurel que meu pai uma vez salvou alguém que foi marcado. Estou tentando aprender mais sobre como ele fez isso.

Diana franziu a testa para o desconforto de Cassie. Não estava disposta a deixar o assunto de lado.

— Acha que ele usou algo parecido com a maldição do caçador de bruxas que decoramos do meu Livro das Sombras?

— Deve ser algo assim. — Cassie tentou aparentar indiferença e otimismo.

— Por que não usamos a maldição do caçador de bruxas do livro de Diana agora? Sabemos que Max e o pai são caçadores — argumentou Suzan. — Não entendo o que estamos esperando.

— Apoiado — falou Nick.

Diana soltou um suspiro de frustração. Eles já discutiram isso.

— Porque esta é nossa chance de usar a ignorância dos caçadores para obter mais informações. Ainda temos o elemento surpresa do nosso lado. Eles não sabem que descobrimos suas identidades. E também não temos certeza de como funciona a maldição ou o que ela fará. É uma tradução muito rudimentar, então só pode ser nosso último recurso. Se tentarmos e não funcionar, todos seremos marcados em questão de segundos.

— Em outras palavras — disse Faye —, não temos a menor ideia se essas palavras que decoramos são uma maldição contra caçadores de bruxas ou um conto de fadas.

Diana ficou em silêncio por alguns segundos. Ela mordia o lábio, nervosa.

— Não podemos depender dessa tradução medíocre e remendada do livro de Diana — afirmou Adam. — Não quero ofender, Diana, não sei que maldição Black John usou, mas é essa que vamos querer quando enfrentarmos os caçadores.

Diana assentiu e baixou os olhos para as mãos. Adam se virou para Cassie. Ela sabia que ele se esforçava para não contar ao grupo sobre o livro de Black John, mas também sabia que ele jamais trairia sua confiança, por mais difícil que fosse para ele.

— E o feitiço de proteção? — perguntou Laurel. — Não devia manter Faye e eu seguras o bastante para que pelo menos a gente continue a ter uma vida normal?

— Parece estar intacto. — Diana levantou a cabeça, hesitante. — Mas não sabemos quanto tempo vai durar. Esse feitiço só pode ser usado uma vez, e, depois que passa o efeito, acabou-se.

— E — disse Melanie — mesmo que ele dure, não temos como ter certeza de que tem força contra a maldição da morte de um caçador. Não deve ter.

Faye encarou o vazio, pela primeira vez desanimada demais para argumentar.

Por um momento, Cassie pensou na própria situação. Se o feitiço de proteção se esgotasse, ela ficaria impotente contra Scarlett. Já se assustava com cada sombra e ficava petrificada quando via uma cabeça ruiva passando.

— Como você vai fazer isso? — perguntou Faye a Cassie, como se tivesse sido arrancada de um devaneio. — Como pretende descobrir a maldição que Black John usou?

Cassie olhou de relance para Adam, mas sua expressão guardava seu segredo, bem escondido.

— Estou tentando aprender o que posso com minha mãe. Ela bloqueou grande parte do passado, mas, quando consigo que ela fale, às vezes, vem alguma coisa à luz.

Foi uma boa resposta para quem teve de pensar na hora, e até era verdadeira. Mas Cassie sabia que, para salvar os amigos e derrotar os caçadores, era preciso mais do que simplesmente conseguir que a mãe falasse do passado. Ela precisava recuperar o livro do pai.

4

A mãe de Cassie apareceu no alto da escada no momento em que a filha passava pela porta.

— Que bom, é você — disse ela. — Ainda bem que chegou em casa.

— Estava esperando outra pessoa?

— Não precisa ser sarcástica. — A mãe desceu a escada. — Estou preocupada com você desde ontem à noite. Desde o incidente.

— Incidente. — Cassie largou a bolsa na mesa da cozinha. — É um jeito engraçado de falar da questão.

A mãe entrou na cozinha atrás dela.

— Levante as mangas. Quero ver suas mãos.

— Não estão mais doendo — mentiu Cassie. Arregaçou as mangas e revelou as queimaduras dolorosas. — Deve ficar tudo bem daqui a alguns dias.

Mas a mãe insistiu e examinou atentamente as marcas.

— Preparei um unguento para você com algumas ervas do jardim. Está esfriando na geladeira.

❖ 29 ❖

Cassie suspirou por conta da proteção da mãe, mas a verdade é que estava agradecida. Sentia-se esquisita desde que acordou aquela manhã, e suas queimaduras latejaram o dia todo.

A mãe pegou na geladeira o pilão de pedra cheio de unguento e se sentou à mesa da cozinha, de frente para Cassie.

O unguento era verde-ervilha e tinha cheiro de gambá. A mãe o misturou com os dedos e segurou a mão de Cassie.

— O jeito como aquele livro queimou você... Nunca vi uma coisa assim — disse ela. — Não consigo parar de pensar nisso.

Ela se concentrou em passar o remédio por igual, com delicadeza.

— Quero que você seja sincera comigo e me diga se sentiu algum outro efeito do que aconteceu.

— Efeitos como estremecer todas as vezes que abri um dos meus livros na escola hoje?

A mãe franziu o cenho.

— É sério, Cassie. Não quero que você chegue perto dele de novo, pelo menos até descobrirmos como desfazer o feitiço de proteção. É perigoso demais.

Recuperar o livro da mãe seria um desafio muito maior do que Cassie havia previsto.

— E de que outro jeito vamos aprender a romper o feitiço? — perguntou ela. — Até parece que existe alguém aqui a quem possamos perguntar.

A mãe ficou em silêncio por alguns segundos.

— Em épocas assim, queria que sua avó ainda estivesse aqui. Ela sabia muito mais sobre isso do que eu.

Cassie pensava o mesmo, mas não teve coragem de falar. A avó, quando morreu, levou todos os anos de conhecimento e sabedoria. Ela era insubstituível.

— Pelo menos tenho você — disse Cassie, e nisso ela foi sincera. Ela e a mãe vinham se entendendo nos últimos meses, e Cassie acreditava que podia contar quase tudo a ela.

Enquanto a mãe envolvia a pele coberta com o remédio em gaze nova, Cassie explicou todos os acontecimentos daquela manhã com o diretor. Não deixou nenhum detalhe de fora; tinha esperanças de convencer a mãe de o quanto eram necessárias novas tentativas com o livro.

— Eu queria que houvesse um jeito de garantirmos a segurança de Faye e Laurel — disse ela. — O que me lembra de uma coisa. Você consegue se lembrar de algo mais do momento em que Black John salvou seu amigo dos caçadores, quando você era mais nova?

A mãe pensou por um instante.

— Foi uma espécie de feitiço. Na verdade, uma maldição. Imagino que estivesse no Livro das Sombras dele.

O livro... Cassie sabia que sua pergunta levaria diretamente a ele.

— Me lembro do seu pai dizendo uma vez — continuou a mãe — que os caçadores em si não têm poder. Não têm magia. Mas carregam relíquias de pedra que foram passadas adiante durante séculos, e essas são incrivelmente poderosas. Se o vínculo entre caçador e relíquia puder ser quebrado, também deixam de existir as marcas nos bruxos.

Os olhos de Cassie se iluminaram — havia um jeito! Mas a mãe se interrompeu, e sua voz assumiu um tom sério.

— Agora, Cassie, sei o que você está pensando. Você quer descobrir essa maldição para salvar suas amigas, mas

❖ 31 ❖

precisa acreditar em mim quando digo que não pode usar a magia de um livro que você não entende. Nenhuma magia negra por ser usada sem consequências graves. Essa queimadura em suas mãos é só o começo.

Cassie concordou para que a mãe tivesse paz de espírito.

— Mas até que a gente descubra um jeito de usar o livro com segurança — disse sua mãe —, acho que tenho outro meio de ajudar. Sei de um lugar perfeito para manter Faye e Laurel seguras.

Esta era uma guinada que Cassie não havia previsto.

— Onde?

— Aqui mesmo. Tem uma sala secreta na casa.

Cassie olhou incrédula para a mãe.

— Você deve estar brincando comigo.

A mãe riu.

— Sua avó a construiu quando as tensões entre o povo da cidade e os bruxos começaram a aumentar há 16 anos, pouco antes da tempestade que levou tantas vidas. — Ela fez uma pausa solene. — A vida dos pais de vários amigos seus. Ela a enfeitiçou com uma proteção especial. Venha, vou lhe mostrar.

Cassie seguiu a mãe pela escada que levava ao porão.

— Por que você não me falou disso antes?

— Antes você não precisava. — A mãe a levou pelo porão escuro, com cheiro de mofo, e parou na frente de uma estante antiga. — Mas agora precisa.

Ela levantou os braços e colocou as mãos sobre uma das prateleiras empoeiradas.

— Estou meio enferrujada — disse a mãe. — Mas acho que consigo. — Ela fechou os olhos e concentrou a energia na parede de livros. Recitou um cântico cauteloso num tom que Cassie nunca ouvira da mãe:

Soleira encantada
Porta não contada
Revele-me o que oculta.

Aos poucos, as bordas da estante começaram a brilhar, como se o sol tivesse rompido uma muralha de nuvens, e a porta apareceu. Cassie nem acreditava no que via. Era uma abertura encantada — um portal ondulante ficara visível no meio da estante, e tinha tamanho suficiente para a passagem de uma pessoa.

A mãe ficou satisfeita com o próprio sucesso.

— Acho que depois de todos esses anos ainda tenho o dom — disse ela. — Vem, vamos entrar.

Cassie atravessou a soleira com cautela para ver o ambiente. Era um cômodo grande, totalmente mobiliado, como um apartamento conjugado. Havia uma cama de ferro batido, luminárias feitas a mão e um sofá estofado. Era tudo tão ultrapassado que parecia uma antiguidade, conferindo ao lugar certa elegância inesperada, como uma sala de estar do século XIX.

— Com toda certeza precisa de uma boa espanada — disse Sra. Blake. — Mas servirá. Devo preparar para suas amigas?

Cassie assentiu. O cômodo tinha cozinha e banheiro, e na área de estar havia até um antigo aparelho de TV.

— É perfeito! — exclamou Cassie. — Obrigada.

Elas não perderam tempo e começaram logo. A mãe desencavou cada eletrodoméstico de limpeza e desinfetante que tinham. Tiraram os lençóis das camas e passaram aspi-

❖ 33 ❖

rador no carpete, lavaram o banheiro e esfregaram a bancada da cozinha. Cassie trouxe roupa de cama limpa e alguma comida para a geladeira. *Faye e Laurel vão ficar satisfeitas*, pensou Cassie. Quanto a esconderijos para pernoitar, aquela era a melhor opção.

Quando terminaram, a mãe lhe deu um abraço carinhoso e subiu a escada. A mente de Cassie se voltou para o livro do pai. Precisava descobrir onde estava.

Ela olhou para a sala misteriosa. A mãe sabia guardar um segredo — bem demais. Como Cassie ia descobrir onde o livro estaria escondido? Podia estar em qualquer lugar.

E então a resposta se desembrulhou como um presente. A sala foi enfeitiçada para proteção, o que significava que Cassie podia fazer um feitiço de invocação seguro para localizar o livro sem temer ser apanhada pela mãe — ou pelos caçadores.

Ela ficou ouvindo por um momento para saber se não havia movimento no andar de cima, e fechou bem os olhos. Concentrou-se e sussurrou um encantamento simples:

Livro das Sombras, eu vos invoco.
Libertai-vos, aparecei para mim.

No início, nada aconteceu, mas Cassie sentiu um aperto peculiar na garganta, um puxão do colar em seu pescoço. Segurou sua corrente de prata, soltando rapidamente o fecho e a estendeu diante de si. O pingente trêmulo era um quartzo transparente. É claro — era uma pedra visionária. Deve ter começado a captar vestígios da energia do livro.

Cassie deixou o pingente pender pela corrente e observou o delicado cristal girar até se alinhar numa direção definida. Logo ele começou a balançar, descrevendo linhas longas, como um pêndulo.

Cassie andou com cuidado na direção que ele indicava, firmando a mão o máximo possível. Seguiu a curva de seu caminho, que a guiava não para a saída da sala, mas para o sofá na área de estar. Será possível que a mãe havia escondido o livro bem ali no porão? Uma estranha empolgação encheu o peito de Cassie quando a corrente de prata se endireitou, formando uma linha vertical. O cristal parou de se mexer. Apontava e tremia para o chão bem abaixo dos pés de Cassie.

Animada, ela levantou o tapete, revelando as tábuas de madeira clara do piso. Havia uma leve fresta em uma das ripas, mal era visível, mas tinha tamanho suficiente para enfiar a unha. Ela precisou de algumas tentativas para deslocar a tábua, mas, depois de removida, as outras saíram facilmente. E lá estava o livro, aninhado em um torrão cuidadosamente escavado, como uma tumba.

Cassie olhou o livro escuro como a um inimigo adormecido. Curvou-se para mais perto e o cutucou com o indicador. Depois, concluindo que não havia perigo em pegá-lo, segurou-o nas mãos.

Ela não podia permitir que Faye e Laurel ficassem tão perto de algo tão particular e poderoso. Sua preocupação não era que Laurel o usasse, mas *Faye*. Ela precisava cuidar para que Faye não descobrisse aquele livro, em circunstância nenhuma. A sala secreta sem dúvida não era lugar para ele.

Cassie recolocou as tábuas e o tapete, depois se levantou, a fim de subir a escada. Segurava o livro junto ao peito, tentando decidir se podia passar de fininho pela mãe com ele escondido embaixo da blusa. E então, do nada, foi tomada

❖ 35 ❖

por uma sensação estranha e misteriosa. Olhou o livro nas mãos e teve o impulso dominador de abri-lo, ali, naquele lugar. Não sabia dizer por quê. Tinha certeza de que a queimaria de novo, mas seu desejo, mesmo com esse castigo tão brutal, era tão forte que parecia um anseio. A necessidade vinha de algum lugar bem em seu íntimo.

Ela observou a sala e tentou ouvir os passos da mãe. Ninguém saberia. Nem a mãe, nem o Círculo. Seria um segredo dela — e só dela.

O livro parecia chamá-la, acenar para Cassie.

Mas ela pensou nos alertas da mãe e balançou a cabeça, resistindo ao impulso. Rapidamente colocou o livro embaixo da blusa e subiu correndo a escada até o quarto, antes que tivesse a oportunidade de mudar de ideia.

Ela esperaria até que Adam estivesse com ela para abri-lo; era o mais inteligente a fazer. Até lá, esconderia o livro. Sabia do lugar certo: embaixo da cama havia um baú de bronze, trancado à chave. Cassie se ajoelhou, puxou-o para a luz e ali colocou o livro. Doeu nela soltar o livro quando o queria tão desesperadamente perto de si, mas Cassie se obrigou a fechar o baú, trancá-lo e empurrá-lo para debaixo da cama.

A chave dourada do baú estava quente na palma da mão de Cassie. Ela a apertou firmemente, percebendo que teria de escondê-la em outro lugar. Decidiu por sua velha caixa de joias de madeira, na qual havia um botão oculto a todos. Cassie colocou-a delicadamente ali, ao lado da calcedônia rosa que Adam lhe dera. *As duas podem cuidar uma da outra*, pensou ela, depois percebeu o ridículo disto. Objetos inanimados não estão vivos nem respiram. Não é verdade?

5

Foi no meio da noite, no escuro e no silêncio, que Cassie destrancou o baú de bronze e estendeu a mão para o Livro das Sombras do pai. Segurou-o perto do rosto e respirou fundo. Cheirava a mofo e a antiguidade. Passou a palma da mão por sua capa desbotada e macia e acompanhou a inscrição com o dedo. Queria absorver cada detalhe. Por fim, colocou o polegar no oval gasto do canto — a impressão digital de Black John — e descobriu que encaixava perfeitamente.

Cassie sabia que cometia um erro. Havia prometido a si mesma não abrir o livro sem Adam. Mas não conseguia controlar as próprias mãos. Elas tremiam de empolgação ao folhear as páginas amareladas. As palavras impressas ali ainda pareciam linhas onduladas e símbolos antigos, mas, de algum modo, lhes eram mais familiares. Ela sentia seu significado; quase sentia o gosto. E à medida que passava os olhos por cada página, de alto a baixo, da esquerda para a direita, sentia-se sendo sugada para dentro do livro, como se agora fizesse parte dele, e ele, dela. Aquela sensação sombria que ela começava a conhecer tão bem encheu o estômago, depois o coração. Logo estava tremendo, provocante, por todo o corpo.

Com um último estremecimento, Cassie despertou assustada. Tudo estava parado e silencioso em seu quarto. *Foi só um pesadelo*, pensou ela, mas uma pulsação dolorosa corria pela ponta dos dedos até os pulsos.

Cassie tentou acender a luminária da mesa de cabeceira e descobriu que mal conseguia segurar o interruptor. Mas, quando o fez, a luz revelou uma visão alarmante: as marcas em suas mãos agora exibiam um vermelho chocante. E Cassie notou que havia uma marca escura, um vergão de aparência cruel na palma da mão esquerda. Era uma nova marca.

Mas o livro estava trancado — de jeito nenhum Cassie poderia ter tocado nele. Ou tocou?

Ela se abaixou para verificar o baú de bronze embaixo da cama. Estava posicionado como deveria, em alinhamento perfeito com um leve risco no piso, assim ela saberia tranquilamente se alguém o descobrisse e mexesse ali.

O baú estava no lugar, ainda trancado. Em seguida, Cassie olhou a caixa de joias. A chave estava ali, inocentemente ao lado da calcedônia rosa, como Cassie havia deixado.

Porém, ela estava certa de que teve o livro em suas mãos — o que mais explicaria as marcas novas? E tinha certeza de realmente ter lido o livro. Ela *se sentia* diferente. Uma energia estranha corria por suas veias. Parecia força, capacidade. Parecia poder.

* * *

Cassie acordou na manhã seguinte, e encontrou a mãe abrindo as cortinas do quarto, enchendo-o da forte luz do sol.

— Você estava mesmo em sono profundo — disse a mãe. — O despertador tocou, e você continuou roncando.

Cassie olhou as mãos queimadas e as escondeu embaixo do cobertor.

— Seus amigos apareceram cerca de uma hora atrás — continuou a mãe. — Mas mandei todos para casa.

Cassie se sentou e tentou se situar.

— Você os mandou para casa? Deveríamos ter uma reunião do Círculo.

— Parecia que você precisava descansar mais. — A mãe deu um tapinha para afastar Cassie e se sentou ao seu lado. — Contei a seus amigos da sala secreta no porão. E já falei com a mãe de Faye e com os tutores de Laurel para que as deixem passar as noites aqui. Está tudo organizado. Menos uma preocupação para você.

A boca de Cassie estava seca, e sua mente, ainda grogue, mas ela se sentia desperta o bastante para entender que a mãe a apoiava de um jeito inteiramente novo. Basicamente, colocou-se na reunião do Círculo de Cassie por ela e cuidou sozinha da pauta. Sua mãe, a mulher que um ano antes se recusava até a pronunciar a palavra *bruxaria*.

— E mais uma coisa — continuou a mãe. — Você e seus amigos vão ao baile de primavera. Foi decidido.

Por um segundo, Cassie pensou que estivesse sonhando de novo, mas notou o sorriso da mãe.

— Sei. Foi decisão do Círculo. E tenho certeza de que você não fez nada para convencê-los.

— Culpada da acusação. — A mãe levantou as mãos, indefesa. — Acho que vocês todos merecem um descanso. E será um bom lembrete de que estão no colégio... Estes deveriam ser os melhores anos da sua vida.

É verdade, pensou Cassie. Ela estava no ensino médio, mas também tinha nas mãos a vida das pessoas. Para não falar da própria vida.

— Está com fome? — perguntou a mãe, mudando de assunto antes que a filha pudesse protestar contra o baile. — Deve estar, já é hora do almoço. Vou preparar alguma coisa para comermos.

Ela já estava passando pela porta, em direção à cozinha, quando Cassie a chamou.

— Mãe... obrigada. — Cassie sabia bem da sorte que tinha, não só por ter mãe ao contrário da maioria dos amigos, mas por ter a mãe *dela.*

— Ahã — respondeu a mãe, com modéstia, como se não fosse nada demais.

Cassie deixou a cabeça cair no travesseiro. De imediato sua mente começou a girar. Ela precisava contar a Adam o sonho que teve na noite passada, se é que foi de fato um sonho. Mesmo agora, embora se sentisse exausta, tinha o impulso de segurar o livro e investigar suas páginas, procurando por algo semelhante à maldição do caçador de bruxas.

Cassie pegou o celular para mandar um sms para Adam: *O que está fazendo? Pode vir aqui?*

De imediato, ele respondeu: *Não posso. Levando a vovó ao médico, lembra? Mas vejo você à noite.*

É isso mesmo. Ela sabia que Adam estaria ocupado naquele dia, mas eles marcaram de passar a noite juntos. Onde ela estava com a cabeça? A noite inquieta deixou seu cérebro nebuloso e confuso.

Cassie precisava exatamente de uma noite sozinha com Adam. Além de tudo a respeito do livro e do sonho, algo mais forte pesava em sua mente: ela precisava contar a Adam do cordão que vira ligando o namorado a Scarlett na noite em que sua irmã saiu da cidade. Não sabia se Adam vira ou não, nem se tocar no assunto seria como jogar um martelo pela vidraça da relação dos dois, mas precisava falar sobre isso aquela noite. Não podia mais haver segredo entre os dois.

Cassie se arrastou para fora da cama e seguiu o cheiro doce que emanava da cozinha. Era melhor comer; precisaria de suas forças mais tarde.

Faye e Laurel apareceram de mala e cuia na porta da casa de Cassie naquela tarde.

— Abra a champanhe — disse Faye, com sarcasmo, enquanto entrava. — Estamos aqui para nos preparar para nossa prolongada festinha de pijama.

Laurel passou rapidamente por ela e perguntou onde era a sala secreta. Evidentemente não queria perder tempo com papo-furado.

— Venham comigo — disse Cassie. Ainda se sentia trêmula do pesadelo e estava esperando que a campainha fosse Adam chegando mais cedo, mas, por Faye e Laurel, ela tentou ser agradável. Também fez o máximo para cobrir as queimaduras, embora começasse a ser um desafio cada vez maior. As mangas da blusa ficavam esgarçadas dos constantes puxões para cobrir as mãos.

❖ 41 ❖

— Parece uma coisa saída de um conto de Edgar Allan Poe — disse Faye, enquanto Cassie as guiava pela escada e pelo porão. — Ele não gostava de enterrar gente viva?

Laurel assentiu.

— Em catacumbas. Receptáculos subterrâneos dos mortos.

— Acho que vocês mudarão de ideia quando virem — garantiu Cassie.

Quando elas chegaram à estante, Cassie explicou como funcionava a porta secreta. Em seguida fechou os olhos, concentrou a energia na parede de livros e recitou as palavras que a mãe havia usado:

— Soleira encantada, porta não contada, revele-me o que oculta.

A surpresa se estampou na cara de Faye e Laurel no momento em que o vão do portal surgiu na estante.

— Sua avó era sorrateira — disse Faye. — Ela era das minhas.

Laurel entrou na sala e pegou uma almofada de veludo no sofá.

— Aqui parece a Inglaterra vitoriana.

— Que bom que você gostou. — Cassie sorriu. — Quero que as duas fiquem à vontade.

— É claro que não tem a aparência de abrigo antiaéreo que eu esperava — disse Faye. Cassie sabia que era o mais próximo de um elogio que ia conseguir dela.

Faye escolheu seu lado do cômodo e de imediato passou a tirar pertences da mala e espalhar por ali algumas velas e frascos de perfume, seu estojo de maquiagem, as joias preferidas.

— O que deveríamos estar fazendo — começou Faye, enquanto organizava por cor os esmaltes e batons na penteadeira —, é tomar uma medida contra Max e o pai dele. Não entendo o que estamos esperando.

— *Estamos* tomando medidas. — Cassie tentou aparentar paciência, porém também firmeza. — Mas é importante que vocês duas sumam do radar o máximo possível.

— Isso não é justo — reclamou Laurel. Estava parada junto da mala fechada, sem a pressa para se acomodar demonstrada por Faye.

— Eu sei — disse Cassie, com a maior solidariedade que pôde. — Mas eu prometo, Laurel, vamos fazer o que tiver de ser feito. Nesse meio-tempo, ficar perto do Círculo é o melhor jeito de garantir a segurança.

— Ainda quero ir ao baile de primavera amanhã à noite — disse Faye, sem tirar os olhos de sua coleção de tinturas. Os frascos mínimos iam de um marrom de aparência inofensiva a um roxo maligno. — O resto do Círculo estará lá. Não há motivo para que Laurel e eu deixemos de ir.

Cassie nem piscou.

— Estão livres para ir ao baile se quiserem. Mas o Sr. Boylan e Max vão estar lá também e só alguns homens farão a segurança de uma infinidade de corredores escuros. Preciso lembrar a vocês que Jeffrey Lovejoy foi enforcado na sala da caldeira na noite do baile do ano passado? É o que quer que aconteça com você, Faye?

Cassie só percebeu um instante tarde demais que estava gritando. Seu rosto e pescoço estavam corados, e ela suava profusamente.

Faye foi surpreendida pela explosão de Cassie, de tal modo que sua única resposta foi um silêncio pasmo. Laurel afastou-se dela, perplexa.

Cassie estava de punhos cerrados. Quando relaxou as mãos, as queimaduras na pele formigavam.

— Cassie tem razão — disse Laurel, ainda olhando Faye com uma expressão alarmada. — Esqueça esse baile idiota. Vamos ficar aqui e assistir a um filme. Você escolhe.

Faye simplesmente concordou com a cabeça, o que era um gesto mais obediente do que Cassie pensou que ela fosse capaz. Faye não perdoava ninguém com facilidade, e Cassie ficou agradecida por isso.

— Me desculpem — disse ela, tentando injetar uma nova calma na voz. — Eu não pretendia gritar com vocês desse jeito.

Faye voltou à sua mala para arrumar seus pertences, mas se recusou a olhar nos olhos de Cassie.

— Faye — chamou Cassie, abrandando ainda mais a voz. — Não sei o que deu em mim. Acho que só estou tensa com tudo que está acontecendo.

Era o melhor que ela podia fazer como oferta de paz, mas Faye não mordeu a isca.

— Está tudo bem, Cassie — disse Laurel. Enfim ela abriu sua mala e começou a retirar as coisas, colocando-as de forma organizada na cômoda. — Ultimamente nenhum de nós se sente em seu juízo perfeito.

Faye espargiu perfume no pescoço e nos pulsos, e os esfregou.

— Eu estou ótima — afirmou ela, enquanto o ar em volta ficava denso do cheiro revigorante do perfume. — Na

❖ 44 ❖

verdade, mais do que ótima. Ao contrário de algumas pessoas, tenho completo controle de mim mesma.

Ela enfim olhou para Cassie, como se estivesse decidindo se continuaria a discussão ou deixaria para lá.

— Acho que você é uma pessoa mais forte do que eu — disse Cassie, sabendo que era a única resposta que poderia fazer Faye se sentir melhor.

E funcionou. Depois de alguns segundos, as sobrancelhas de Faye relaxaram.

— Pelo menos você está disposta a admitir isso.

Depois ela foi à cama, abriu o laptop e perguntou:

— A gente pode pelo menos ter Wi-Fi aqui embaixo?

Cassie sorriu.

— Acho que é o mínimo que posso fazer.

E com essa simplicidade, ela foi perdoada por sua explosão.

6

— Eu sei que dissemos que seria nossa noite a sós, mas Raj ultimamente tem sofrido de uma forte ansiedade com separação. — Adam estava à porta de Cassie com uma caixa de pizza numa das mãos e a coleira de cachorro na outra.

— Está tudo bem. — Cassie se abaixou para fazer carinho no cachorro peludo. — Não estamos inteiramente a sós, com Jekyll e Hyde lá embaixo mesmo. Pelo menos Raj não pode me dar ordens como se eu fosse uma criada.

Os olhos de Adam se abrandaram.

— Está tão ruim assim? — perguntou ele, assentindo na direção de Faye e Laurel no porão.

— Digamos que eu adoraria levar esta pizza lá para fora.

— Um piquenique na escarpa. Ótima ideia. Vamos. — Adam puxou a coleira de Raj, e o cachorro farejou e arfou, quase animado demais para que Adam conseguisse controlá-lo.

Cassie pegou um casaco e seguiu Adam porta afora. É claro que era impossível que Faye e Laurel a ouvissem, mas

Cassie ainda não conseguia ficar à vontade para se abrir com Adam sobre seu pesadelo e o cordão com as amigas assim tão perto. Quer fosse pura paranoia ou não, parecia que uma conversa franca com Adam ao ar livre na escarpa era uma alternativa muito melhor.

Adam mantinha Raj controlado enquanto ele e Cassie percorriam a Crowhaven Road de braços dados, saboreando a bela noite. Cassie se sentia segura e protegida com Adam, mas não conseguia deixar de olhar ao redor; passava os olhos por cada árvore e sombra, atenta a qualquer movimento ou ruído. Ela sabia que Scarlett ou um caçador poderia estar atrás de qualquer uma das muitas caixas de correio enviesadas ou postes tortos do caminho.

A escarpa estava sossegada, um forte rochoso de solidão. A noite era tranquila de um jeito que em geral acalmaria Cassie, mas aquela noite seu desejo era gritar o mais alto que pudesse e quebrar a calmaria.

Adam mandou Raj se deitar, depois abriu a caixa de pizza e serviu uma fatia escorrendo queijo.à Cassie.

— Comprei a sua preferida. Havaiana.

Cassie aceitou a fatia e deu uma pequena dentada antes de entrar no assunto que queria tratar.

— Preciso te contar uma coisa. — Suas palavras ecoaram na noite. — Ontem à noite eu tive um sonho.

— Pelo seu tom — disse Adam, enquanto mastigava —, imagino que não foi dos bons.

Cassie concordou com a cabeça.

— E foi tão real. Não sei se realmente aconteceu.

— Se foi um sonho, Cassie, é claro que não aconteceu. Está dizendo que teve outra visão? Foi Scarlett?

— Não! Foi uma coisa diferente. — Cassie baixou os olhos para a escarpa íngreme, até as ondas que se quebravam abaixo. — No sonho, eu lia o Livro das Sombras do meu pai, absorvendo toda sua energia. Depois, quando acordei, minhas mãos estavam queimadas. Está vendo?

Cassie baixou a fatia de pizza e arregaçou a manga para que Adam visse a queimadura nova na palma da sua mão.

— Não estava assim quando fui dormir.

Adam examinou atentamente a marca.

— Está certo, é esquisito — concordou ele. — Acha que você esteve lendo o livro enquanto dormia?

Cassie puxou a manga para baixo e pegou um pedaço de abacaxi na cobertura da pizza.

— Não sei. Quando acordei, encontrei o livro trancado, como eu havia deixado antes de ir para a cama. Sinceramente, não faz sentido nenhum.

— Contou a mais alguém sobre isso?

— Não, só a você. E quero que continue assim.

A cara de Adam assumiu um ar de seriedade enquanto seus olhos vagavam pela escarpa. Cassie sabia que ele tentava encontrar alguma explicação ou solução, mas não achava nada.

— Precisamos descobrir mais sobre esse livro — decidiu ele. — Está na hora de aprendermos como funciona a magia negra.

Cassie enrijeceu ao ouvir as palavras *magia negra*. Não era algo com que ela quisesse se associar, em especial aos olhos de Adam. Mas ele tinha razão.

— Quero tentar abrir o livro — disse Cassie. — Com você ao meu lado. Tenho certeza de que a maldição do caça-

❖ 49 ❖

dor de bruxas que meu pai usou está ali e quero que nós dois pesquisemos juntos.

— Acho que é uma boa ideia. — Adam deixou de lado a fatia de pizza meio devorada e segurou Cassie pelos ombros. — Entendo seu medo sobre contar ao resto do Círculo a respeito disso, mas talvez eles possam ajudar. O Livro das Sombras de Diana tem muitas informações. A gente devia pelo menos falar com ela, se não com os outros.

Cassie balançou a cabeça.

— Ainda não.

— Diana não vai te julgar — disse Adam. — Sabe disso.

— É mais do que isso, Adam.

Cassie podia ver o quanto Adam discordava dela, por isso precisou continuar firme.

— É um problema particular. Um problema da família. Não cabe a você decidir quem deve ou não saber disso.

— Tudo bem. — Adam soltou um suspiro alto. — Então, quando você estiver disposta.

Por alguns segundos, a frustração de Adam era palpável. Ele ficou em silêncio e pegou uma pedrinha no chão, rolando-a entre os dedos.

Mas logo jogou a pedra na água e voltou a se concentrar em Cassie.

— Eu estou com você — disse ele. — Preciso que você saiba disso.

Cassie puxou Adam para mais perto. Enterrou a cabeça em seu peito, e ele descansou o queixo em seu cabelo. Raj latiu e pulou, com ciúme. Farejou as pernas dos dois e colocou a pata em seus pés até que Cassie desistiu e se abaixou para lhe fazer um carinho na cabeça. Adam riu e afagou a pelagem desgrenhada do cachorro.

— Acho que Raj tem razão — disse Adam. — Já tivemos papo sério demais por uma noite. — Ele voltou à pizza e deu mais uma dentada.

— Na verdade, tem mais uma coisa. — Cassie olhou o chão coberto de orvalho. Por mais que quisesse esquecer todos os seus problemas e curtir o tempo que tinha com Adam, sabia que não podia guardar segredo sobre o cordão por mais tempo.

— Más notícias de novo? — disse Adam com um sorriso. — Estava guardando tudo para uma tacada só?

— Mais ou menos. — Cassie não suportava fingir frivolidade. — Já tem algum tempo que guardo isso para mim.

Adam ordenou que Raj se sentasse e tentou entender a expressão de Cassie.

— O que é?

— Eu vi uma coisa — disse Cassie, numa voz que mal podia ser ouvida. — Naquela noite, em Cape Cod. Quando eu estava abraçada com você. Eu vi o cordão, o nosso cordão.

— Tudo bem.

— Mas também vi um segundo cordão. Saindo de você para Scarlett.

— Não entendo o que está me dizendo — retrucou Adam, mas Cassie sabia que ele havia entendido perfeitamente.

— Era igual ao nosso — explicou Cassie. — Mas estava entre vocês dois. O que acha que isso quer dizer?

Adam balançou a cabeça.

— Não vi nada disso.

Cassie não queria que aquilo se transformasse numa discussão, mas a negar não ia ajudar em nada. Eles não podiam simplesmente fingir que o problema não existia.

— Eu vi com meus próprios olhos — disse ela. — Quase podia estender a mão e tocar.

— Cassie. — Adam segurou o rosto de Cassie e a obrigou a olhá-lo nos olhos. — Não sei para que conclusão sua cabeça está saltando agora, mas pare. Você estava perto de morrer quando acha que viu esse cordão. Devia estar alucinando naquela fumaça.

— Adam... — Cassie ia falar, mas ele interrompeu.

— O cordão prateado só existe entre nós. É assim com as almas gêmeas.

— E se você tiver mais de uma alma gêmea? É isso que estou perguntando.

— Não acho que seja possível. — Adam abraçou Cassie. — E, mesmo sem o cordão, eu te amo, Cassie. Só você. Com todo meu ser.

— Eu te amo também, mas...

Adam beijou Cassie na boca, no início, com suavidade, depois, com mais paixão. Os beijos deixaram Cassie tonta de um jeito que lhe deu vontade de gargalhar. Agora mais do que nunca, ela o sentia — a essência dele — entrelaçando-se com a dela.

Depois Adam se afastou abruptamente.

— Sentiu isso?

— É claro que senti.

— Só preciso desta prova. Com ou sem cordão. Então, esqueça o que você pensa que viu quando estava semicons-

ciente. — Adam beijou Cassie de novo, dessa vez carinho·
samente no rosto.

Seus lábios, eram quentes e amorosos em sua pele, e ela
não podia negar a sensação que tinha sempre que Adam a
beijava. Nisso ele tinha toda razão.

— Só queria que você tivesse me contado isso antes —
disse ele. — Detesto que você tenha se preocupado com
isso.

— Você me contaria se o visse, não é, Adam? — Cassie
não sabia de onde vinha essa pergunta. Nunca duvidou da
palavra de Adam. Nunca tivera motivos para isso.

Mas Adam hesitou de um jeito que chamou sua atenção.
A resposta dele não veio com a prontidão da sinceridade.

— É claro que te contaria — disse ele com calma, mas
depois de ter vacilado. — Eu não vi nada. E acho que você
não viu também.

Talvez estivesse tudo na cabeça de Cassie, mas Adam
não foi lá muito convincente. Talvez ela estivesse mais confusa e paranoica do que era capaz de perceber.

Cassie virou a cara, voltando a atenção para a linha longa
e escura das casas na Crowhaven, longe, atrás deles. Como
disse Adam, mesmo sem cordão, a relação deles crescera e
evoluíra para muito além do amor à primeira vista.

— Sabe o que eu acho? — disse Adam, mais leve. —
Acho que está na hora de se permitir relaxar. Sua mãe está
certa... Você está assumindo responsabilidades demais.

— Ela disse isso a você?

Adam assentiu.

— Na reunião, enquanto você dormia, hoje de manhã.
Mas nem precisava. Todos nós vimos isso, Cassie. E você

❖ 53 ❖

não é a única. — Cassie ia responder, mas Adam tinha aquela expressão de palhaço mais uma vez.

— Vai me dar a honra de ser minha acompanhante no baile de primavera? A gente podia se divertir um pouco, os caçadores que se danem. Não consigo pensar numa pessoa melhor para ter em meus braços do que você.

Cassie riu, mesmo a contragosto. Mas seu olhar vagou para a Crowhaven Road, até as profundezas escurecidas ao pé da colina.

— Parece perfeito, mas não sei se agora posso priorizar a diversão.

Cassie fez uma pausa e pensou melhor na ideia.

— Pensando bem — disse ela —, talvez o baile seja a oportunidade de que precisamos para chegar perto do diretor e de Max em público, e ver se descobrimos algum ponto fraco deles, ou mais alguma coisa sobre suas relíquias de pedra.

— Cassie, você não está entendendo. Sua única preocupação deve ser cuidar para que eu use uma gravata-borboleta da cor certa.

— Sem essa, Adam, eu te conheço muito bem. Você está sempre colocando o Círculo em primeiro lugar, antes de qualquer outra coisa.

Adam ficou vermelho de culpa.

— Tudo bem, tem razão. Já passou pela minha cabeça usar o baile para chegar perto dos caçadores. Mas isso é mais um motivo para nós dois precisarmos de uma noite de folga. — Seus olhos lampejaram à luz da lua, e ele segurou a mão de Cassie. — Sem magia. Só ir ao baile e se divertir... É simples.

Ultimamente, Adam conseguia ser feliz muito melhor do que Cassie. Talvez ela precisasse exatamente de um pouco de ponche e uma dança boba com os amigos e o namorado para se livrar da nuvem negra que tinha se acomodado em seu peito. No mínimo, podia fingir estar animada com isso — por Adam, e pela paz de espírito da mãe.

Cassie aceitou a mão de Adam e deixou que ele a puxasse, no estilo dança de salão.

— Rosa — sussurrou ela no ouvido dele. — Sua gravata-borboleta.

Adam deu um passo para trás.

— Sério? Não pode escolher uma cor um pouco mais máscula?

— Não. Vai ser rosa.

7

Para uma festa no ginásio da escola, o baile de primavera não era tão ruim. As paredes foram camufladas com enfeites animados e faixas de várias cores. Pisca-piscas foram pendurados no teto como estrelas cadentes. Os cestos de basquete foram amarrados e recheados de flores coloridas e pungentes — prímulas, tulipas e crisântemos —, mascarando o cheiro de suor adolescente. O ginásio foi inteiramente transformado.

Como prometeu, Adam fez sua gravata-borboleta combinar perfeitamente com o vestido cor-de-rosa de Cassie. Ela agora mexia no nó da gravata, endireitando-o unicamente como uma desculpa para tocar nele.

— Você pegaria um copo de ponche para mim? — perguntou ela. — Ou eu posso começar a te beijar.

Adam sorriu.

— Volto logo.

Cassie ficou sozinha por um momento e correu os olhos pelo ginásio. Todos do Círculo vieram, exceto Faye e Laurel, e Melanie, que achou que Laurel precisaria de apoio moral, presa com Faye. Cassie pensou em ligar para elas e ver como estavam se saindo, mas Nick apareceu diante dela.

— Você está linda — disse.

Cassie foi pega de surpresa, e riu, constrangida.

— Obrigada. Você também não está muito ruim.

Nick se olhou, usando seus costumeiros jeans, camiseta e jaqueta de couro.

— Não me vesti para a ocasião — disse ele. — Mas a camiseta está limpa, então acho que já é alguma coisa.

Cassie riu de novo, e um calor repentino tomou seu rosto.

— Quer dançar? — perguntou Nick.

Cassie hesitou.

Um ar de malícia se esgueirou para o rosto de Nick.

— Só estou perguntando porque te conheço, Cassie Blake, veio aqui com a missão muito específica de se divertir esta noite. Não posso deixar que fracasse.

— Então, como eu poderia dizer não? — Cassie permitiu que Nick a levasse para a pista.

A música que a banda tocava era alta e agitada, nada que Cassie reconhecesse, mas parecia boa para baixar a guarda e só curtir o ritmo — desfrutar do prazer simples de ser uma garota num baile. Nick pulava e esbarrava, tentando diverti--la. Ela sabia que ele detestava dançar e que fazia tudo aquilo só por ela. Cassie valorizou o esforço e o acompanhou, sincronizando os passos com os dele, até que, juntos, eles criaram uma cena e tanto.

Da pista, Cassie viu que Adam tinha voltado com seu ponche e Diana estava atrás dele com o próprio copo.

Nick correu até eles, tirou os copos de suas mãos, deixou-os de lado, e puxou os dois para a pista. Deborah e

Suzan rapidamente se juntaram a eles, e, antes que Cassie percebesse, Nick, sozinho, tinha alterado a energia de todo o grupo. Eles estavam bancando os bobos, esbarrando violentamente nos colegas de turma na pista, enfurecendo-os. Isso fez Cassie se lembrar de quando ela e Nick estavam juntos e que, às vezes, a recusa dele em levar qualquer coisa a sério era exatamente do que ela precisava para se desligar e se divertir um pouco.

Depois a música mudou para uma canção lenta — uma das preferidas de Cassie. Ela olhou para Adam, na esperança de que ele a convidasse para dançar, mas notou que a atenção dele estava em outro lugar. Ele observava alguém.

— Max está aqui — avisou ele. — Aja com naturalidade.

— Não sei o que isso que dizer — resmungou Nick. Ele se virou e atravessou a multidão na direção da tigela de ponche. A alegria deles não passava de uma lembrança.

— Devia ser nossa noite de folga — disse Suzan, fazendo beicinho. — Lembra? Sem policiamento esta noite.

Mas Cassie sabia que era só uma questão de tempo até que o baile da primavera se transformasse num problema do Círculo, como todo o resto. Pensando nisso, ela ficou surpresa que tenha demorado tanto. O grupo saiu de forma obediente da pista e se reuniu perto da parede dos fundos.

Max passou por eles se exibindo, com seu ar de confiança habitual. Vestia camisa, calça preta e uma gravata de um verde brilhante como seus olhos.

— Oi — disse ele, cumprimentando Diana primeiro, como sempre fazia. — Faye não veio? Não consigo encontrá-la.

— Ela não te contou? — perguntou Diana. — Faye está com uma gripe horrível.

— Ah — disse Max, decepcionado. — Não, eu não sabia. Ela não atende mais a meus telefonemas. — Quando Max fez beicinho, suas feições se abrandaram, trazendo um encanto juvenil a seu rosto.

Diana franziu o cenho, solidária.

— Não leve isso para o lado pessoal. Ela está dopada de descongestionantes desde ontem. Aposto que deve ter desligado o telefone.

Cassie não sabia se Max engolia ou não a história de Diana. Pensou que parecia mais confuso do que cético, mas Diana deve ter sentido alguma suspeita nele, porque não parou por aí.

— Só porque Faye não está aqui, não significa que sua noite está estragada.

Max abriu um sorriso torto e esperançoso.

— Dance comigo — disse Diana. E, antes que Max sequer pudesse reagir, ela o pegou pelo braço e o levou rapidamente à pista. A banda ainda tocava uma música lenta, então Diana passou os braços pela nuca de Max e deixou que ele a abraçasse pela cintura.

Max olhava nos olhos de Diana como se não acreditasse na sorte que tinha. Toda sua arrogância e fanfarronice deram lugar a uma firme modéstia, e ele abraçava Diana com cuidado. Faye era a coisa mais distante de sua mente, Cassie tinha certeza disso.

— Sei que queremos ficar de olho em Max — disse Adam. — Mas isso é ridículo.

Cassie percebeu o queixo enrijecido de Adam enquanto ele olhava o casal dançar. Diana ria, puxando Max para perto, parecia se divertir bastante. Cassie não se atreveria a dizer o mesmo de Adam, mas não podia deixar de sentir que Diana não estava pensando mais no Círculo.

Alguns minutos depois, Chris, Doug e Sean apareceram ao lado de Cassie.

— Está vendo o que vejo? — perguntou Chris, e Cassie acompanhou seu olhar ao outro lado do ginásio.

Era o Sr. Boylan, de braços cruzados, com um terno escuro bem cortado, o olhar fixo em Max e Diana na pista.

— Parece que está a ponto de matar alguém — comentou Doug. — O que vamos fazer?

Nessa hora, o Sr. Boylan se virou para o outro lado e saiu intempestivamente do ginásio.

— Vão atrás dele — disse Cassie.

Os três, Chris, Doug e Sean, dispararam para a saída, sem hesitar. Pela expressão de Adam, Cassie viu que ele estava ansioso para se juntar aos três.

— Esta é minha chance de dar uma busca na sala do Sr. Boylan — disse ele. — Procurar a relíquia.

Lá se foi a noite de folga, pensou Cassie. Mas, se Adam conseguisse roubar a relíquia de Boylan, seria o equivalente a roubar seu poder. Sem ela, ele não poderia fazer a maldição da morte.

Cassie acariciou o rosto de Adam e concordou com a cabeça.

— É uma boa ideia, mas você não devia ir sozinho. Vai precisar de alguém na retaguarda.

— Nós vamos — disse Deborah. Ela e Suzan avança-ram um passo, meio ansiosas. — Passamos a noite toda en-louquecidas, esperando ago interessante acontecer. Ou, pelo menos, eu estou. — Ela notou que Suzan parecia amuada por ter sido retirada da pista de dança.

— Tenham cuidado — pediu Cassie, como se fosse uma ordem. Afinal, ela ainda era uma líder do Círculo. — Vou ficar de olho em Diana e Max.

Adam apertou a mão de Cassie e partiu. Deborah e Suzan seguiram-no pelo corredor que dava na sala do Sr. Boylan. Cassie se deu um momento para respirar. Embora tudo acontecesse com uma velocidade súbita, lembrou a si mesma que estava tudo sob controle... sob seu controle. E então Nick se materializou da multidão com outro copo de ponche para Cassie.

— Tenho certeza de que não está batizado — disse ele. — Mas, nesse ritmo, acho que nós dois podemos contar pelo menos com uma euforia de açúcar. — Depois notou a expressão de Cassie. — O que aconteceu? — Seus olhos castanho-escuros dispararam de um lado para o outro. — Cadê todo mundo?

— Chris, Doug e Sean estão seguindo Boylan. Adam, Deborah e Suzan foram dar uma busca na sala dele.

— Achei que a gente tinha vindo aqui para relaxar — argumentou Nick.

— Mudança de planos. — Cassie procurou o cabelo louro de Diana e os ombros largos de Max pelo ginásio, mas eles se perderam no enxame de alunos. — Está vendo Diana em algum lugar?

❖ 62 ❖

Nick examinou cada casal na pista, depois meneou a cabeça.

— Está cheia demais. Mas tenho uma ideia. — Ele correu até a mesa de ponche e, para desespero dos garçons, subiu nela para ter uma visão melhor. Passou os olhos de um lado para outro, depois ficou petrificado. Suas feições finas ficaram mortalmente sérias.

— Cassie — sussurrou ele, enquanto pulava da mesa. Porém, antes que pudesse pronunciar outra palavra, Cassie viu uma cabeleira rebelde e tingida de vermelho. Daquela vez não era uma alucinação. Nem paranoia. Bem no meio da multidão, estava Scarlett.

Nick parecia pronto para atacar, mas não movia um músculo.

— Ela está lançando um feitiço — disse ele.

Os braços de Scarlett estavam rígidos junto do corpo, e seus olhos eram pretos como bolas de gude. Murmurava alguma coisa, evidentemente alguma magia negra.

— Precisamos tirar você daqui — disse Nick. — Agora!

Cassie era inteligente o bastante para não discutir. Ela e Nick correram para a saída mais próxima, porém subitamente todos ao seu redor passaram a se comportar de maneira estranha. Ficaram de pescoço mole e a cabeça tombada. Os colegas de turma tinham caído em um estupor.

Nick disparou um olhar para Cassie.

— Mas o que está acontecendo? — Ele se posicionou entre Cassie e o grupo que bloqueava a saída.

O que quer que Scarlett estivesse fazendo, afetava a todos, menos a Cassie e Nick. Mas logo ficou evidente que os colegas de turma eram apenas um efeito colateral. Sem eles para atrapalhar, Scarlett tinha uma visão clara de seu alvo. Ela redirecionou todos os murmúrios malignos para Cassie:

Spirant ultimus spiritus
Ultimus spiritus vitae

De repente, todo o ar escapou dos pulmões de Cassie, e ela não conseguia mais respirar. Era como se um grampo tivesse se fechado em sua garganta, impedindo a respiração. Ela levou as mãos ao pescoço e se virou para Nick. Não conseguia gritar.

Nick precipitou-se para ela como se fosse um simples pedaço de comida alojado na garganta, como se a manobra de Heimlich pudesse salvá-la — mas não havia nada que ele pudesse fazer. E com os colegas de escola entorpecidos amontoando-se e bloqueando cada saída, não havia como escapar.

A cabeça de Cassie girava com a falta de oxigênio. Ela estendeu a mão para Nick e caiu no chão do ginásio.

8

Nick gritou o nome de Cassie. Curvou-se sobre ela, tentando fazer com que a amiga respirasse, mas Cassie sentia a consciência se esvair a cada segundo que passava. A luz amarela do ginásio, seus colegas de escola comatosos e até a voz cruel de Scarlett fundiram-se em uma névoa suave e escura. Depois Nick se levantou e ergueu os braços, com as mãos estendidas.

Não!, Cassie tentou gritar — a pior coisa que Nick podia fazer agora era realizar magia à vista de todos —, mas não escapou nenhum ruído de sua boca escancarada.

Nick concentrou sua energia, fechou os olhos e falou em voz grave:

Invoco o Poder do Ar, os elementos do Oriente,
invoco-te da atmosfera para os pulmões de Cassie.

Ele repetiu o feitiço três vezes, a cada momento mais alto, mas Cassie ainda perdia a consciência. O mundo inteiro desbotava; o som tinha cessado. Nada existia. Depois, de súbito, ela ofegou como se tivesse se afogado e agora conseguisse respirar novamente, recuperando sua vida com uma golfada voraz de ar após outra.

Sua visão ficava mais afiada a cada inspiração, e ela se colocou de pé justo quando Nick levantou as mãos para invocar outro feitiço — daquela vez não para Cassie, mas para o teto:

Movimento do coração, corrente da alma, centelhas
A minhas mãos, à velocidade da luz.

Seu rosto brilhava, e a eletricidade parecia atravessar seu corpo, subindo dos pés e saindo pela ponta dos dedos.

As lâmpadas do teto clarearam e estouraram, provocando uma chuva espetacular de faíscas, como fogos de artifício. Em seguida o ginásio ficou escuro como a noite.

— Fuja — disse Nick, segurando Cassie pela mão.

Os colegas de escola entorpecidos entraram em pânico na escuridão repentina. Cassie não conseguia mais enxergá-los, mas ouvia seus resmungos. Seus cotovelos e joelhos se chocavam no chão do ginásio enquanto eles caíam um por cima do outro, como um enorme estouro de manada.

Cassie e Nick correram pelo labirinto de corpos até a saída de emergência, sem olhar para trás nem uma vez para saber o que foi feito de Scarlett. Passaram de rompante pela porta de incêndio ao estacionamento lateral, onde correram diretamente para o resto do Círculo.

— Vocês estão bem? — perguntou Diana, alarmada. — O que aconteceu no ginásio?

❖ **66** ❖

Nick e Cassie explicaram apressadamente a situação, e a boca de Diana se abriu.

— Scarlett está aqui?

Os irmãos Henderson correram ao ginásio para procurá-la. Cassie gritou que não fizessem isso, mas eles já haviam partido.

— Alguém precisa impedi-los! — exclamou ela. — Eles vão se matar.

— Eu irei — disse Deborah, seguindo na mesma direção dos Henderson. Suzan foi atrás dela.

Diana procurou em Cassie algum sinal de ferimento.

— Tem certeza de que você está bem? Não sente dor?

Cassie assentiu.

— Estou bem. Acho que saímos a tempo. Onde está Adam?

— Bem aqui. — Adam se aproximou do grupo, pálido. As mãos tremiam um pouco e não traziam a relíquia do Sr. Boylan. — Cassie — disse ele. — Está há muito tempo aqui fora?

— Eu estou bem — afirmou Cassie para tranquilizá-lo.

Adam parecia mais abalado do que ela. Sua respiração era pesada, e a testa estava ensopada de suor. Ele passou os olhos pelas cercanias, apreensivo.

— Não achamos Scarlett em lugar nenhum — disse Chris, enquanto ele e Doug saíam do ginásio para se juntar ao grupo. Deborah e Suzan estavam com dele.

— As luzes ainda estão apagadas, mas todos no ginásio voltaram ao normal — avisou Doug. — O que é uma pena. Até que gostei da ideia de todos eles virando zumbis.

❖ **67** ❖

Cassie olhou para Nick, feliz por ele estar bem. Ele reagiu rapidamente e salvou sua vida, mas ela não pretendia colocá-lo em perigo. Em particular com o Sr. Boylan e Max por perto.

Nick correspondeu a seu olhar. Parecia entender exatamente o que ela estava pensando e sorriu, tentando tranquilizá-la. Nesse momento Cassie viu algo brilhar na manga da jaqueta de couro de Nick. No início era fraco, mas, depois que ela notou, parecia brilhar com mais nitidez. Era o símbolo do caçador.

— Nick — disse ela, mas foi a única palavra que conseguiu soltar.

Ele registrou a expressão de Cassie e viu no rosto de todos que eles caíam no mesmo choque.

— Que foi? — perguntou ele. — Por que parece que vocês viram um fantasma?

— Sua manga — respondeu Diana. — Você foi marcado.

Cassie quis se aproximar dele, mas Nick a afugentou. Procurou na jaqueta e localizou a marca. Concentrou-se muito nela, estreitando os olhos como se tentasse entendê-la, mas não houve outra reação.

— Então fui marcado — disse ele, num tom baixo e frio como uma pedra.

Adam mal falou uma palavra durante todo o percurso de carro até a casa de Cassie. Cassie não levou isso para o lado pessoal; ela própria também não estava com muita vontade de conversar. O que havia para dizer depois de uma noite daquelas? Mas então Adam estacionou na frente de sua casa, desligou o motor e virou-se para ela como se tivesse algo a desabafar.

— Tem certeza de que não quer que eu fique no seu sofá esta noite? — perguntou ele. — Scarlett pode vir atrás de você.

Havia uma frieza no ar que fez Cassie estremecer.

— Obrigada, mas eu vou ficar bem. Faye e Laurel estão lá, e Faye não perderia a chance de descarregar parte de sua raiva se Scarlett aparecesse.

— Verdade, eu acho. — Adam tamborilava os dedos no volante.

Cassie estava com o paletó dele nos ombros, para se aquecer. Ia tirar e devolvê-lo, mas ele a impediu.

— Fique com ele mais um pouco. — Ele não se prontificou a ligar o motor do carro. Evidentemente tinha algo mais em mente.

Cassie temia saber o que era. Adam estava preocupado que o fato de Nick ter sido marcado significasse que ele precisaria passar a noite no porão de Cassie. Os dois estariam dormindo sob o mesmo teto.

Ela concluiu que era melhor ajudá-lo.

— Adam — disse ela. — Sobre Nick ficar aqui...

Adam olhava fixamente à frente.

— Não é isso. Posso te perguntar de novo o que aconteceu quando as luzes se apagaram na escola?

— Eu já te contei — disse Cassie. — Não aconteceu nada com Nick enquanto você estava fora que te dê motivo para se preocupar.

— Eu só precisava ouvir isso de novo.

Cassie já fizera a Adam um relato detalhado de cada movimento dela e de Nick, do momento em que eles viram Scarlett até fugirem. Mas ela repetiu a história mesmo assim.

— É tão estranho — disse ele, incapaz de olhar para ela.

— Adam, o que está te incomodando? Sei que se você estivesse lá quando Scarlett apareceu, teria me protegido, como Nick. Não duvido disso nem por um segundo.

Enfim, Adam se virou para Cassie, permitindo que ela visse seus olhos marejados.

— Senti uma coisa — disse ele. — Um braço roçou no meu no meio do caos.

— Como é? — Cassie ficou confusa.

— Quando as luzes se apagaram. Eu tinha acabado de sair da sala de Boylan, e todos começaram a correr. Eu estava indo para o ginásio quando alguém segurou minha mão e parecia que... Nem sei dizer. — Adam não conseguia continuar, e Cassie começou a entender o quanto ele estava perturbado.

— Está tudo bem — disse ela, tentando induzi-lo a contar a verdade. — O que você sentiu?

— Pensei que era você me levando para a segurança, mas depois vi que estávamos separados. Eu podia jurar que era você. Por causa das centelhas que senti.

— Mas eu já estava fora do ginásio, no estacionamento, a essa altura — disse Cassie. — Não era eu.

Houve um momento de silêncio enquanto eles compreendiam a questão.

— Ah. — Cassie enfim entendia o que significava. Nenhum dos dois queria dizer isso em voz alta, mas era evidente. Foi Scarlett que segurou a mão de Adam. As centelhas que ele sentiu foram por ela.

— É você quem eu amo, Cassie. Eu juro. — A voz de Adam se elevou. — Isto não significa nada.

— Significa que o cordão entre você e Scarlett afinal deve ser verdadeiro — disse Cassie. — É a única explicação.

— Eu nem mesmo devia ter contado a você.

— É claro que devia ter me contado!

— Isso não muda nada. — Adam insistia. Porém, quanto mais ele jurava e suplicava, mais evidente ficava para Cassie que ele estava igualmente abalado com isso, se não mais.

— Minha mão só ficou confusa — disse ele. — É só isso.

— Sua mão ficou confusa? — Cassie respirou imediatamente para recalibrar as emoções. Se não tivesse cuidado, a mágoa e a fúria seriam jogadas na cara de Adam. — Não precisa se sentir culpado. — Ela tentou demonstrar solidariedade. — Não é culpa sua. Simplesmente existe.

Adam, então, ficou em silêncio.

— Mas eu não quero isso.

Cassie se aproximou para dar um beijo de boa-noite em Adam. Precisava sair do carro com a maior rapidez possível.

— Eu sei. Não se preocupe demais com isso. Vamos ficar bem.

— Acabou? Não acha que devíamos conversar sobre isso? — perguntou Adam.

Cassie tirou o paletó de Adam dos ombros. Tinha o cheiro dele, de folhas de outono e do vento do mar. Ela o dobrou delicadamente e colocou no colo de Adam. Depois pousou a mão na maçaneta.

— Vai ficar tudo bem — disse ela, sabendo que naquele momento tinha de parecer forte para Adam. Ela sempre podia contar com Adam para se tranquilizar. Agora era sua vez.

— Cassie, por favor, não vá.

— Vamos deixar a noite cuidar disso — disse ela, com a maior doçura possível. Depois, pegando de empréstimo uma frase preferida da mãe, acrescentou: — Tudo vai parecer mais luminoso amanhã.

Ela saiu do carro e quase estava na porta de entrada quando as lágrimas encheram seus olhos e escorreram pelo rosto. Adam, porém, não podia vê-las, e era só isso que importava.

9

Depois de seu encontro com Scarlett no baile, o sono de Cassie foi tumultuado — um pesadelo depois de outro infestaram sua mente. Ao acordar, ela sabia o que precisava fazer para que isso parasse. Retirou o baú de bronze de baixo da cama e abriu o fecho. Queria esperar que Adam estivesse com ela antes de tentar abrir o livro de novo, mas o tempo se esgotava e a situação com Adam tinha ficado muito mais complicada. Ela não podia deixar que o possível triângulo amoroso atrapalhasse sua busca por respostas.

Além disso, Cassie tinha uma ideia. Na caixa de joias onde guardava todas as pedras preciosas, Cassie colocara um cristal de obsidiana. Era o mesmo cristal que uma vez ela usou para desativar um feitiço de proteção que Faye colocou em uma das Chaves Mestras. Cassie apertou a pedra preta e de bordas afiadas. A pedra era conhecida por purificar matéria negra. Por que não tentar?

Ela passou o cristal por toda a volta do Livro das Sombras do pai enquanto sussurrava o encantamento que teve sucesso da última vez:

Vão-se as trevas, não há mais defesa,
Entra e sai desimpedida a pureza.

Em seguida puxou o cordão de couro do livro e abriu a capa. Tocou a primeira página com esperança, mas de imediato ela esquentou, queimando a ponta do indicador.

Cassie o retirou, mas antes que o livro se fechasse, jogou o cristal de obsidiana entre suas páginas. No início, o livro lutou contra a pedra, chocalhando e batendo, e o cristal se sacudia nas páginas como um grão de milho em óleo quente. Mas, depois, o livro deu a impressão de cansar. Aos poucos, cada página se acalmou e sossegou sob o cristal até ficar imóvel. A escuridão do livro foi domada o suficiente para permitir que a pedra o mantivesse aberto como um simples peso de papel.

As palavras das duas primeiras páginas ainda pareciam uma linguagem antiga de frases e símbolos. Vê-las assim atentamente fez com que os olhos de Cassie ficassem estranhos e desequilibrados, como se estivessem diante de uma ilusão de ótica. Pelo menos agora ela poderia pesquisar e traduzir. E, se manuseasse a obsidiana, poderia até usá-la para virar as páginas do livro. *Espere só até Adam ver isso.*

Nesse momento a campainha tocou, e Cassie percebeu que horas eram. A reunião do Círculo para falar dos acontecimentos da noite anterior estava marcada para começar em alguns minutos. Cassie retirou a obsidiana, e o livro se fechou. Rapidamente ela o trancou no esconderijo e correu para atender a porta.

Na varanda estava Nick, com uma bolsa de viagem pendurada no ombro. Não parecia satisfeito, por motivos óbvios, mas Cassie ficou feliz por ter um momento com ele antes da chegada do resto do Círculo.

Ela o recebeu e o convidou a se sentar no sofá da sala de estar.

— Vou levar você para baixo daqui a pouco — explicou ela. — Primeiro eu tinha esperanças que a gente conversasse.

Nick baixou a bolsa no chão e se sentou.

— Tudo bem.

Cassie se sentou ao lado dele.

— Eu sinto muito — desculpou-se ela. — Parece que você foi marcado por minha culpa.

— Scarlett queria te matar. Você não estava exatamente pedindo por isso — argumentou Nick.

— Eu sei, é só que... Você salvou a minha vida. E não suporto pensar o que pode acontecer com a sua agora.

Nick balançou a cabeça.

— Não é sua culpa, Cassie. Eu sabia do risco que corria, e decidi assumir. Além do mais, eu posso lidar com isso.

Cassie segurou a mão de Nick. Foi uma atitude ousada, mas, nas circunstâncias, ela achava que valia a pena tentar.

Pela primeira vez ele não se afastou dela. Cassie abriu a boca para garantir que lhe daria todo apoio, como ele dava a ela — mas um barulho alto e ressonante chocalhou pelo chão abaixo deles.

Nick deu um pulo, alarmado.

— Está tudo bem — disse Cassie. — É só Faye e um cabo de vassoura. Ela acha isso irônico.

Nick tentou agir com frieza, mas Cassie sabia que ele estava constrangido por se assustar com tanta facilidade, que as rachaduras em seu exterior frio começavam a aparecer.

— É o sinal especial de Faye — disse ela, com despreocupação. — Quando ela bate no teto com a vassoura, significa que está desesperada por atenção.

— E quando é que Faye não precisa de atenção? — Nick passou os dedos no cabelo e se permitiu rir. — E então, onde *fica* afinal essa sala secreta?

Cassie sorriu.

— Venha comigo.

Ela levou Nick para baixo até a estante antiga e lançou o feitiço, revelando a porta oculta. Faye e Laurel esperavam lá dentro, em expectativa. Fizeram pipoca de micro-ondas, assaram cupcakes e botaram música para tocar.

— Fui marcado — disse Nick, avaliando o ambiente. — Não é meu aniversário. — Ainda assim, ele pegou um cupcake rosa e deu uma boa dentada.

A sala tinha mudado um pouco desde que Cassie a vira pela última vez. Faye e Laurel a infundiram cada uma com o próprio caráter. O lado de Laurel da sala era decorado com plantas, ervas e flores. Pilhas de livros grossos subiam até onde a vista alcançava, muitos para a pesquisa que ela fazia sobre os caçadores. O lado de Faye era enfeitado com tapeçaria vermelha e almofadas de veludo. Ela também criou um pequeno altar que abrigava velas, incenso e preparados diversos.

— Terá de desencavar um espaço para você — disse Cassie a Nick. — O risco é todo seu.

— Eu vou ficar bem. — Nick baixou a bolsa e meteu o último pedaço de cupcake na boca. — Não preciso de muita coisa.

— Só temos um colchão de ar para você dormir — disse Faye. — Mas, se você se sentir solitário, tem muito espaço na minha cama.

— Que nojo — exclamou Laurel. — Comigo aqui, não.

— Essa é minha deixa para sair. — Cassie aguardou que Nick se acomodasse e subiu para esperar a chegada do restante do Círculo para a reunião. À medida que entravam, eram levados por Cassie para baixo. Era por Adam que ela na realidade ansiava, mas ele foi o último a chegar, o que era raro.

Quando ele enfim veio pela calçada, parecia mais desgrenhado do que o normal. Tinha as roupas amarrotadas e o cabelo despenteado. As olheiras davam a impressão de que ele não dormira a noite toda. Cassie torcia para que a conversa da véspera sobre o cordão não fosse o que o estivesse abalando tanto.

— Antes de descer — disse Adam —, quero te mostrar uma coisa. — Ele tirou do bolso interno do casaco um tubo de plástico cor-de-rosa.

— Meu gloss? — perguntou Cassie.

Adam concordou com a cabeça.

— Não é qualquer gloss. Isso caiu do seu bolso na noite do nosso primeiro beijo. E este...

Adam pegou do mesmo bolso um pedacinho mínimo de papel.

— Este é o ingresso do filme que a gente viu no nosso primeiro encontro de verdade.

Em seguida Adam ergueu o celular.

— Salvei aqui — disse ele — a primeira vez que você me disse *eu te amo* na minha caixa postal. E isto é só o começo, Cassie. Entende aonde quero chegar?

— Você corre um risco enorme de se tornar um acumulador compulsivo? — Cassie sorriu.

Adam riu.

— Talvez, mas é porque tudo isso me lembra de você, preciso guardar para sempre. Se isto não prova que sou apaixonado por você, não sei o que provará.

Toda a tensão e o medo que cresceram em Cassie durante a noite a respeito da relação dos dois flutuou e sumiu. Ela queria pular nos braços de Adam e perder a tarde em seu abraço. Mas não havia tempo para isso. Os amigos esperavam. Só o que Cassie podia fazer no momento era beijar Adam de todo o coração, e torcer para que seu amor por ele brilhasse, que a ligação dos dois fosse palpável, antes de levá-lo ao porão para se juntar aos outros.

— Os caçadores e Scarlett estão perto demais para me sentir à vontade — dizia Melanie, quando Adam e Cassie entraram na sala secreta.

Todos estavam reunidos em roda, exceto Chris e Doug, que tumultuavam a cozinha como crianças hiperativas. Deborah concordou com Melanie.

— Precisamos chegar mais perto dos caçadores para fazer uma avaliação completa deles, uma vez que é evidente que eles estão nos observando.

— Eu posso nos colocar perto de Max — propôs Diana.

Faye deu uma risadinha e cochichou algo a Deborah e Susan.

Diana se virou para ela.

— Sou a única que pode fazer isso com facilidade — disse ela. — Todos nós sabemos disso.

— Mas você pode se colocar em perigo — rebateu Faye num tom de zombaria. Depois seu rosto assumiu uma gravidade rancorosa. — Se tiver essa chance, Max vai marcar você, como fez comigo.

Diana deu de ombros.

— Não vou fazer magia nenhuma perto dele. Além disso, se eu conseguir entrar no quarto dele, talvez consiga descobrir onde ele guarda a relíquia.

— Você não vai chegar nem perto do quarto dele — rebateu Faye.

Laurel pigarreou.

— Fiz algum progresso desencavando informações sobre as relíquias — contou ela. Com um gesto de cabeça afirmativo de Cassie, ela assumiu o meio da roda e explicou ao Círculo que as relíquias tinham origem por volta de 1320, logo depois de o papa João XVII autorizar a Inquisição a considerar a bruxaria como uma heresia.

— Uma bruxa acusada criava e enfeitiçava as relíquias em troca de sua vida — explicou Laurel. — Ela batizava os donos daquelas pedras mágicas e ensinava a maldição da morte.

— É claro que precisavam de uma bruxa para fazer o trabalho sujo por eles! — exclamou Sean. — Frouxos.

Laurel franziu os lábios com a interrupção.

— Logo a Inquisição levou a uma onda de caça às bruxas — continuou ela —, durante a qual as relíquias foram vistas por toda a França, a Itália e a Alemanha. Mas muitas foram destruídas no auge da caça, que aconteceu do final dos anos 1500 até 1630. E, quando os caçadores chegaram a Salem nos anos 1690, só restava mais ou menos uma dezena das relíquias... E um número ainda menor de famílias de caçadores.

Laurel focou os olhos especificamente em Diana.

— Agora, acredita-se que apenas seis relíquias permanecem ativas.

Diana tinha o olhar fixo no chão. No que era quase um sussurro, falou:

— É só isso?

Laurel olhou para Faye.

— Então, pode valer a pena Diana procurar no quarto de Max, se isso significa que podemos reduzir o número para cinco.

— Cinco, seis, setecentas, que diferença faz? — perguntou Nick. — Ainda não temos um jeito de derrotá-los. Podemos falar um minuto sobre Scarlett? Ela quer matar Cassie para tomar seu lugar no Círculo, e ela tem nossas Chaves Mestras. Ela quase levou a melhor ontem à noite, e vai voltar. Se não conseguirmos usar magia nela, vamos precisar nos preparar para destruí-la com nossas próprias mãos.

Deborah deu um tapinha no ombro de Nick.

— Bom, não preciso dizer que meu primo precisa de algum controle de raiva agora.

Até essa altura, todos ficaram tão envolvidos na discussão que ninguém notou Chris tentando espremer o corpo de 1,80 metro nos limites mínimos do elevador de comida na parede da cozinha. Mas o barulho que ele fazia enfim chamou a atenção do grupo.

— Eu posso fazer isso — disse ele. — Doug, empurre meu pé para dentro. Depois me jogue para cima.

❖ 80 ❖

Doug obedeceu, rindo. Empurrou o pé de Chris mais para dentro da caixa com uma das mãos. A outra mão pairou sobre a alavanca de madeira que faria o elevador subir pela calha que levava à cozinha.

— Chris — gritou Cassie. — Não vai aguentar você. Não é um elevador de gente. Saia antes que você o quebre.

— Não mexa nisso. — Faye o alertou. — É nosso jeito favorito de Cassie nos servir de cima.

— Mas eu posso fazer isso — repetiu Chris. — Não sou tão grande quanto aparento.

A paciência de Cassie tinha diminuído, e uma raiva peculiar cresceu nela. Seu rosto e as mãos ficaram quentes de fúria.

— Eu disse para sair daí!

Antes que ela conseguisse se controlar, andou a passos largos até Doug e o afastou à força da alavanca. Sua determinação o apanhou de surpresa, fazendo-o cambalear para trás.

Chris, no esforço para sair do elevador antes que Cassie o alcançasse, escorregou e bateu de cabeça de cabeça no chão com um baque.

Passaram-se alguns segundos de silêncio antes que ele gritasse de dor, agarrando o braço esquerdo.

— Agora você conseguiu — disse Doug. — Quebrou o meu irmão.

— Fala sério, Cassie — disse Sean. — Não precisava humilhar o cara desse jeito.

— Eu nem toquei nele — gritou Cassie.

— Ele está sentindo dor — disse Diana.

— Dãã. — Doug ajudou Chris a se levantar. — Acho que quebrou o braço dele.

— Acho que Nick não é o único que tem problemas com a raiva. — Deborah olhou para Cassie, depois foi se colocar ao lado de Chris para lhe dar apoio.

— Ele está sentindo dor! — gritou Diana de novo. — Entendem o que isto significa?

Cassie pensou em seu acidente de carro algumas semanas antes, quando ela saiu incólume e de repente entendeu o choque de Diana.

— O feitiço de proteção foi rompido — disse Cassie.

Um silêncio arrepiante tomou conta da sala enquanto todos entendiam o que isso representava para sua segurança.

— Scarlett no ginásio ontem à noite — disse Diana. — Ela não estava lá para estragar nosso baile. Estava destruindo a única coisa que nos mantinha vivos.

10

— **S**ei de um jeito de abrir o livro do meu pai — confessou Cassie a Adam, retirando o baú de baixo da cama e a chave de seu compartimento secreto na caixa de joias.

Ela havia pedido a Adam para ficar enquanto os outros acompanharam Chris ao hospital. Agora que o feitiço de proteção foi rompido, eles não tinham nem um minuto a perder. Precisavam acabar com esses caçadores de uma vez por todas.

— Como? — perguntou ele.

Cassie lhe mostrou o cristal de obsidiana e explicou que funcionava como um amortecedor para a energia negra do livro. Cassie e Adam se sentaram no chão do quarto com o livro diante deles. Cassie o abriu, sabendo que queimaria um pouco seus dedos antes que ela conseguisse colocar o cristal no lugar, e queimou. Mas depois que a pedra foi colocada, pesando na lombada do livro e limpando sua energia, as duas primeiras páginas do livro ficaram visíveis.

— Isso é incrível. — Adam se colocou de quatro sobre o livro, examinando atentamente cada pincelada que tinha diante de si. — Reconheço alguns símbolos. Da minha procura pelas Chaves Mestras um tempo atrás. Algumas inscrições estavam no mapa de Black John.

Cassie não conseguiu reprimir o sorriso.

— Eu tinha esperanças de que você dissesse algo assim.

— Vou repassar minha pesquisa antiga e ver o que consigo descobrir. Acha que podemos levar o livro para a minha casa?

A ideia de o livro deixar seu quarto abalou Cassie, e ela hesitou.

— Acho que não — gaguejou ela. — É melhor você trazer sua pesquisa para cá.

— Sabe de uma coisa, Cassie — disse Adam. — Agora que o feitiço de proteção foi rompido e Scarlett está chegando mais perto, acho que está na hora de envolver o resto do Círculo.

Cassie balançou a cabeça antes que ele pudesse dizer mais alguma coisa.

— Já conversamos sobre isso. Eu te falei, preciso de algum tempo antes de contar ao Círculo que tenho o livro. Não vou repetir isso.

— Isso é um negócio muito sombrio, Cassie. — Adam apontou as frases sinistras no texto. — Olha só. Decodificar isso vai exigir o trabalho do máximo possível de gente. Acho que vale arriscar.

— Ah, é o que você acha? Acha que vale arriscar? — Cassie percebeu que gritava, mas não conseguiu se conter. — Bom, vou dizer o que *eu* acho. Acho que o livro é meu, e não seu. E é um problema que eu devo tratar, e não o Círculo.

— Não precisa gritar comigo — disse Adam, calmamente.

— Às vezes é o único jeito de conseguir que você escute!

Adam se recostou.

— Estamos lidando com magia negra, Cassie. Uma maldição de Black John pode salvar a vida de nossos amigos, que estão marcados, para não falar de nosso Círculo... Mas só se traduzirmos direito.

— Exatamente. O livro é perigoso, Adam. Não quero que ninguém se machuque até saber que tenho algo real para ajudá-los. Mas, se está tão interessado em mexer com magia negra assim tão de repente, talvez você deva procurar Scarlett.

Adam ficou chocado. Assim como Cassie. Tinha pensado que o gesto romântico de Adam antes da reunião tivesse feito ela se sentir melhor. Não havia percebido que a conversa da noite anterior sobre o cordão e Scarlett ainda perturbava seu coração. Mas doeu nela — ainda mais agora que ela e Adam estavam em desacordo — e saiu antes mesmo que Cassie tivesse consciência do que falava.

— Não era nada disso que eu queria dizer. — A voz de Adam falhava de emoção, mas ele se esforçou para manter o controle. — Como pode pensar uma coisa dessas? Foi você que disse que estava tudo bem ontem à noite. Você disse, "Amanhã tudo ficará mais luminoso". Bom, este dia é hoje, Cassie, e ainda estou aqui, amando você.

Cassie sabia que Adam tinha razão. Ela tentara garantir a ele que Scarlett não atrapalharia os dois e agora estava estragando esse esforço. A raiva efervescente dentro dela afastava Adam; ela sabia que devia parar, mas parecia que suas emoções estavam descontroladas.

O que Cassie fez em seguida surpreendeu aos dois. Segurou o rosto de Adam e trouxe sua boca à dela. Ela o beijou intensamente, como se a vida de sua relação dependesse disso — e talvez fosse assim. Cassie subiu em Adam, e, no início ele resistiu, mas, como Cassie sabia que aconteceria, por fim Adam se entregou.

Nunca foi assim. Rápido, animalesco. Puxar Adam para mais perto sempre era bom, mas naquele momento tudo parecia borrado e confuso. As intenções de Cassie estavam nubladas.

Depois que eles se acalmaram, Adam se afastou e olhou nos olhos dela, preocupado.

— Isso quer dizer que estamos bem?

— Não quero te perder — disse Cassie. Sua própria voz lhe parecia estranha, quase anestesiada.

— Você não vai me perder. — Adam queria beijá-la de novo, mas daquela vez Cassie se afastou.

Ela se arrependia de ter gritado com Adam e agora queria reagir a ele com entusiasmo, mas parecia estranhamente desligada. Não tinha certeza do que sentia — ou se sentia alguma coisa. A única certeza era de que ela não queria mais dizer nem fazer nada que o magoasse.

Cassie se sentou direito e puxou os joelhos para o peito.

— Desculpe — disse. — Mas não estou muito controlada agora. Acho que você deve ir embora.

Adam franziu a cara, uma combinação de decepção e confusão, mas simplesmente assentiu e foi pegar suas coisas.

— Tudo bem. — Ele olhou o livro de Black John ainda aberto no chão, mas achou melhor não falar nele. — Quando estiver se sentindo melhor, estarei esperando por seu telefonema.

Ele saiu, fechando em silêncio a porta do quarto de Cassie.

* * *

No segundo em que ouviu Adam sair da casa, Cassie saltou da cama. O livro do pai ainda estava aberto no chão, preso pelo cristal de obsidiana. De repente tudo ficou claro. Sua mudança de emoções com Adam agora pouco — ela já havia sentido. Era o mesmo impulso que tivera ao manusear o Livro das Sombras do pai.

Ela se agachou para examinar o livro. Seus dedos tremiam de expectativa, ainda ardiam no local da queimadura. O livro tinha algum poder sobre ela — agora Cassie entendia isso. Sempre que queimava suas mãos, afetava a mente. O livro a estava transformando.

Cassie pensou nas ocasiões em que havia perdido o controle desde que abrira o livro pela primeira vez, cada desavença com o Círculo, cada frustração com a mãe. Antes de cada uma dessas ocasiões, ela havia manuseado o livro. E o que acabou de acontecer com Adam... Cassie sentiu o quanto estava sendo destrutiva, mas não conseguia se conter. Ela estendeu as duas mãos para o livro, e o cristal de obsidiana escorregou e parou no chão. *O livro é o problema*, pensou Cassie, *mas também a solução*. Ela folheou suas páginas à procura de quaisquer símbolos que lhe parecessem conhecidos. Passaram-se minutos até que ela percebesse que segurava o livro sem se queimar.

Cassie levou a ponta dos dedos à altura dos olhos. Estavam muito bem. Sem nenhuma marca nova, sem formigamento. Era o que ela estivera esperando desde que retirou o livro do porão. Porém, no fundo, não podia ignorar o motivo funesto para que o livro não rejeitasse mais suas mãos. À medida que ela ficava mais sombria, ele a acolhia melhor. O equilíbrio em Cassie mudava.

❖ 87 ❖

Mas ela não podia deixar que isso a assustasse. Agora que chegou a esse ponto, não podia abandonar a busca pela maldição do caçador de bruxas. A ameaça representada pelo livro teria de ser considerada um risco ocupacional que acompanhava a tarefa de salvar o Círculo.

Ela continuou a folhear as páginas, ganhando ímpeto a cada palavra, absorvendo tudo que podia de cada ponto e traço. O conteúdo do livro ainda parecia um código arcaico, e ela não entendia a maior parte do que via, entretanto havia alguns símbolos que achou especialmente curiosos, cifras que pareciam falar com ela. Cassie sentia o significado dessas frases como a partitura de uma música clássica; elas a tocavam de dentro para fora.

Parte dela queria sair correndo e contar imediatamente a Adam, mostrar-lhe a tranquilidade com que o livro ficava em suas mãos. Mas, se tocar o livro a estava transformando, ela não queria que mais ninguém fosse vítima de sua maldição. E também não devia manusear o livro mais do que o necessário. Ou o quanto ela *quisesse*.

Cassie pensou por um momento nas alternativas. Voltou à primeira página e o levou para a mesa. Pegou um caderno espiral e uma caneta. Sentou-se e copiou atentamente a página no caderno, linha por linha, depois copiou também a segunda página. Levou quase uma hora para reproduzir dolorosamente cada sinal e símbolo até ter uma réplica exata que pudesse ser traduzida sem nenhuma dúvida. Quando terminou, admirou o produto acabado. Cassie mostraria aquilo a Adam pela manhã e lhe pediria desculpas pelo comportamento estranho. Não resolveria todos os problemas dos dois, mas seria um bom começo.

11

Normalmente, Cassie teria ligado para Adam antes de aparecer em sua casa de manhã cedo, mas estava ansiosa demais para se incomodar com isso. Adam atendeu à porta só com a calça do pijama listrado. Ficou surpreso ao vê-la, mas pareceu contente enquanto cruzava os braços, constrangido, e a convidava a entrar.

Adam puxou uma cadeira da cozinha para ela. Havia uma tigela de cereais pela metade na mesa; era evidente que ela o tinha apanhado no meio do café da manhã.

— Espero que você não se importe de eu invadir sua casa desse jeito — disse Cassie. — Eu queria te pedir desculpas pelo meu comportamento ontem à noite.

A postura de Adam se abrandou com este pedido.

— Está tudo bem. Nós todos estamos muito estressados, e as emoções estão a mil.

— Ainda não é desculpa para o que eu falei sobre Scarlett.

Adam virou o rosto, e Cassie se sentiu um tanto desconfortável. Não sabia o que ele estava pensando.

❖ 89 ❖

— Eu te trouxe uma coisa. — Cassie retirou da bolsa as páginas que transcrevera. — Copiei as duas primeiras páginas do livro do meu pai para você.

Adam pegou as folhas de papel e as abriu sobre a mesa da cozinha.

— Você copiou com exatidão?

Ele examinou em silêncio cada linha, demorando tanto que Cassie começou a se preocupar. Porém, antes que pudesse dizer alguma coisa negativa, ela passou os dedos pelo cabelo desgrenhado dele.

— Sabe que não posso fazer essa pesquisa sem você — disse ela. — Por isso quero que fique com uma cópia.

Adam animou-se com o toque dela.

— Obrigado por confiar em mim — disse ele.

Cassie desejou poder ser inteiramente franca com ele e dizer que o livro não tinha mais queimado suas mãos, mas Adam não consideraria sua capacidade de manusear o livro um mal necessário, como a própria Cassie entendia. Ficaria preocupado demais com a segurança dela. Cassie tinha certeza de que, se a magia negra estava lhe permitindo ler o livro, ela deveria ser mais forte agora, forte o suficiente para ter controle sobre tal força.

Adam ficou em silêncio por um momento, depois acariciou levemente o braço de Cassie. Foi um gesto pequeno, mas provocou um murmúrio de alívio nos lábios dela.

— Só para ter um cuidado a mais — disse ele —, quero que você deixe esse livro em paz até que eu consiga traduzir essas páginas. Pode fazer isso?

— Claro — respondeu Cassie, torcendo mais do que tudo para conseguir.

* * *

O cheiro de alho encheu o nariz de Cassie quando ela chegou em casa para jantar. A mãe estava na cozinha mexendo numa panela com uma colher de pau.

— Deixe que eu adivinhe — disse Cassie, enquanto tirava o casaco. — Comida italiana?

— Espaguete com almôndegas — respondeu a mãe, do fogão.

Cassie notou uma nova energia na voz da mãe e um frescor em seu rosto. Talvez precisar cuidar de outros três jovens lhe desse um propósito renovado. Não que Faye, Laurel e Nick fossem fáceis de lidar, mas estava claro que a mãe gostava de tê-los em casa e de protegê-los dos caçadores; ela estava ainda mais animada com a presença deles na sala secreta do que eles próprios.

Cassie beijou o rosto da mãe.

— Para que isso?

— Não posso beijar minha própria mãe sem ter um motivo?

— É claro que pode. É que você nunca o fez. — A mãe sorriu e entregou à Cassie uma cebola e uma faca. — Mas como você me ama tanto hoje, pode ser minha *sous-chef*.

Cassie colocou um avental e começou a cortar enquanto a mãe lhe fazia perguntas sobre como estavam os amigos e a escola. Por um momento, Cassie temeu que o interrogatório buscasse sua confissão de que havia retirado o livro de Black John da sala secreta, mas, à medida que a conversa progredia, ela notava que a mãe não sabia sobre o desaparecimento do livro. Cassie contou o que aconteceu no baile e sobre a perda do feitiço de proteção. Contou-lhe sobre Diana, que tinha concordado em passar mais tempo com Max, apesar do risco que isso representava. Depois pensou em Adam. Aconteceu tanta coisa com ele que Cassie nem sabia por onde começar.

— Scarlett está chegando mais perto — admitiu Cassie. — E estou meio preocupada que ela esteja atrás de mais coisas minhas do que só o Círculo, se entende o que quero dizer.

— Não quer dizer Adam, não é?

Cassie assentiu, e a mãe balançou a cabeça em solidariedade.

— Cassie, me desculpe. Eu já passei por isso e sei o quanto pode virar todo seu mundo de pernas pro ar.

Essa era a primeira vez que a mãe fazia alguma alusão ao que aconteceu a Black John e a mãe de Scarlett. Cassie não esboçou reação nenhuma, torcendo para que a mãe falasse mais.

— E quando não é com um membro do Círculo — continuou a mãe —, mas alguém próximo a ele, é ainda pior. É sempre mais difícil lidar com quem é de fora.

Cassie usou o braço para enxugar algumas lágrimas causadas pelo cheiro da cebola. Isso queria dizer que a mãe de Scarlett não foi do Círculo? Cassie sempre supôs que sim.

— As tensões que esse tipo de coisa provoca dentro de um Círculo podem ser brutais — disse a mãe. — Não importa a força do Círculo. Nosso Círculo era forte, mas ainda assim isso nos separou.

Depois ela baixou a colher de pau, e seu rosto ficou mais terno.

— Me desculpe — disse ela. — Não preste atenção em mim quando eu tagarelar desse jeito. É só que, às vezes, é difícil a gente se livrar de mágoas antigas.

— Está tudo bem. É bom ouvir isso. Posso lidar com essa história.

— Sei que pode, querida. Mas isso não quer dizer que você deva lidar com meu passado desastroso. Minhas experiências não são as suas, nem precisam ser.

A mãe colocou as mãos nos ombros de Cassie.

— Adam é um bom garoto — assegurou ela. — Vale a pena lutar por ele.

— Mas e se eu o perder?

A mãe a olhou com amor.

— Só o que você pode fazer é tentar. O resultado será o que tiver de ser. Mas, no fim, Cassie, quem deve ficar junto, acabará junto.

Apesar de toda a mágoa que a mãe suportou, Cassie via que ela acreditava verdadeiramente naquelas palavras. Porém, no final, a mãe terminara sozinha. E a mãe de Scarlett, morta. Cassie não sabia se a fé inabalável da mãe a inspirava ou a enchia de tristeza.

— Então, não se preocupe — disse a mãe. — Você só precisa se concentrar em descobrir o que fazer com o livro do seu pai... Descobrir como romper aquele feitiço para abri-lo com segurança, sem se queimar. Todo o resto vai se encaixar.

Cassie sentiu uma onda de culpa por não ter contado à mãe que já estava estudando o livro. Mas não conseguiu confessar. Ainda precisavam existir alguns segredos, mesmo entre elas.

Mas num aspecto a mãe tinha razão: o livro era a única saída para Cassie naquela embrulhada.

❖ **93** ❖

12

Cassie chegou à praia para a cerimônia da lua cheia no momento em que Diana traçava um círculo na areia com sua faca com cabo de madrepérola. Faltavam cinco para a meia-noite, quando a lua estaria no ponto máximo, então ela precisava se apressar.

Diana contornou o círculo com água que havia recolhido do mar, depois com uma vareta de incenso de cálamo, e enfim com uma vela branca acesa. Aromas pungentes e fumegantes enchiam o ar.

— Cassie! — chamou Adam quando a localizou. — Por onde você esteve? Eu telefonei para você.

— Desculpe. Eu sei. — Cassie ainda observava Diana. — Estava ajudando minha mãe a limpar a cozinha depois do jantar e perdi a hora.

— Epa! — exclamou Faye, alto o bastante para que todos ouvissem. — Vocês dois não sabem que a boa comunicação é o fundamento de uma relação saudável?

— Na verdade — disse Suzan —, tenho certeza de que é a confiança.

Faye sorriu com malícia.

— Não, não pode ser.

Adam não achou graça nessa provocação.

— Eu tinha uma coisa importante para te contar. — Ele se esforçou para puxar Cassie de lado. — Por isso fiquei telefonando.

— Ei, vocês! Já é quase meia-noite, vamos! — Diana segurava uma vela acesa e, com a outra mão, agarrou Cassie. Mas ela tocou os dedos indicador e médio de Cassie justo onde as queimaduras mais recentes formavam casca. Cassie reclamou baixinho de dor.

Diana a olhou, confusa.

— Você está bem?

Cassie puxou para baixo as mangas da blusa, cobrindo as mãos.

— Eu te machuquei? — perguntou Diana.

Faye e os outros cercaram Cassie.

— Arregace as mangas — ordenou Faye.

Depois de lançar um olhar a Adam, Cassie obedeceu.

De imediato, os olhos de todos se voltaram para as cicatrizes e cascas que ela se esforçava tanto para esconder. Cassie olhou em volta e percebeu que a hora de contar sobre o livro do seu pai havia chegado. Não havia outro jeito de explicar as queimaduras, e ela não queria mentir para seu Círculo; eles não mereciam isso.

Com um gesto de cabeça encorajador de Adam e com o grupo concentrado, Cassie fez um anúncio claro e conciso.

— Eu tenho o Livro das Sombras de Black John. Foi o que provocou essas queimaduras.

— Você encontrou... quero dizer... Fala sério? — Diana gaguejou.

Cassie assentiu.

— Estive procurando por alguma dica de como derrotar os caçadores ou Scarlett. Mas o livro é perigoso — continuou Cassie, erguendo as mãos para dar o exemplo. — Vocês precisam entender que não quero que mais ninguém se machuque, até que eu saiba como ajudá-los.

Faye se apoiou em Sean para não desmaiar.

— O livro de Black John estava na sua casa esse tempo todo? E você escondeu isso de mim? — Ela praticamente ofegava. — Eu nem mesmo imagino que feitiços deve ter ali. Vá pegá-lo, Cassie. Agora!

Cassie balançou a cabeça.

— Não consigo entendê-lo, nem vocês vão conseguir. Está escrito em uma língua arcaica. Além disso, não sabemos do que esse livro é capaz.

— Na verdade, Cassie — interrompeu Adam —, foi por isso que fiquei telefonando para você mais cedo.

Gaivotas guinchavam em círculos no alto quando Adam olhou o grupo com uma expressão sombria.

— Cassie me mostrou uma parte do livro ontem e passei a noite toda tentando traduzir. Comparei alguns símbolos do livro com o mapa antigo que usei para localizar as Chaves Mestras.

Diana assentiu, conhecendo bem o mapa.

— Eu me lembro daquelas inscrições — disse ela. — O próprio Black John as escreveu.

Adam voltou a fixar os olhos em Cassie. Sua voz tinha um tom monocórdio.

— Por alguns fragmentos que consegui entender, agora Cassie está vinculada ao livro de Black John.

Por alguns segundos, Cassie perdeu a audição. O martelar de seu coração era o único som nos ouvidos. Ela viu a reação de todos: o pavor de Diana, a apreensão de Faye, a aflição de Adam. Mas parecia que lhes assistia de algum lugar silencioso e distante. Era horrível como a expressão dos amigos tinha se alterado. Nenhum deles jamais pensaria em Cassie da mesma maneira.

— Tem certeza? — perguntou Diana. A voz chegou aos ouvidos de Cassie com um estalo.

— *Vínculo* foi exatamente a palavra que traduzi — disse Adam. — E qualquer magia negra envolvendo essa palavra não pode ser boa.

Diana respirou fundo.

— Não. Não é nada boa.

— O que isso quer dizer exatamente? — perguntou Suzan.

— No sentido científico — disse Laurel —, estar vinculado simplesmente quer dizer estar preso a outro elemento. É uma união, física ou química. E é indissolúvel.

Melanie se intrometeu para esclarecer.

— De um jeito simples, significa que Cassie está sujeita ao livro. Como se estivesse atada. Como uma prisioneira.

— Melanie. — Diana a repreendeu com um olhar. — É uma ligação. Só isso. Não se precipite para as piores hipóteses.

Cassie queria que o grupo acreditasse em Diana: que estar vinculada ao livro só significava que era ligada a ele, mais nada. Porém, Cassie não podia negar o que sabia ser a verdade: o livro tinha influência sobre ela. Sempre que o tocava, era como se as trevas a dominassem. Ela começava a sentir que tinha a personalidade dividida.

Cassie começou a chorar, e Adam se aproximou lentamente dela. Seu braço a envolveu.

— Cassie, lamento que você esteja passando por tudo isso. Mas agora o Círculo pode ajudá-la. Você não está mais sozinha.

— É verdade. — Diana se aproximou um passo e também abraçou Cassie. — Todos nós vamos ver esses símbolos e ajudar na tradução.

— Você pode copiar algumas páginas de cada vez para nós estudarmos — disse Adam. — Usando o cristal de obsidiana, assim você vai ter a maior segurança possível.

Os membros do Círculo assentiram, dando seu apoio, exceto Faye, que cruzou os braços.

— Só para esclarecer — começou Faye. — Estamos falando de Cassie estar inegavelmente ligada à magia negra, não é? É isso que representa o livro de Black John e é a isso que Cassie está vinculada.

Um silêncio desolador recaiu sobre o grupo, como um manto pesado. O silêncio era absoluto, a não ser pelo quebrar das ondas ao longe.

Adam concordou melancolicamente com a cabeça.

— Como Scarlett, Cassie possui a magia negra no sangue, e o livro evidentemente está reagindo a isso. — Ele se virou para Cassie e engoliu em seco. — Na verdade, como alguém que conhece bem a magia negra, Scarlett pode nos dizer algo de útil sobre o livro. Talvez ela possa ajudar.

Cassie olhava fixamente a areia, incapaz de falar.

❖ **99** ❖

— Adam! — gritou Nick. — Não se lembra de que Scarlett quer matar sua namorada?

Faye ergueu uma sobrancelha.

— Trocar a princesa Cassie pela bruxa má Scarlett? Essa me parece uma ótima sugestão.

— E já que tocamos no assunto, podemos recuperar as Chaves Mestras — disse Deborah.

— Não foi o que eu quis dizer. — Adam lançou um olhar desesperado a Cassie. — Só quis dizer que podemos confrontá-la. Talvez até fazer um acordo com ela.

— De jeito nenhum — discordou Nick. — Se encontrarmos Scarlett, vamos derrotá-la, e não pedir conselhos.

Cassie forçou para baixo a bile que tinha subido à garganta. Cambaleou de volta para o meio do grupo e todos se calaram novamente, a atenção voltada para ela, em expectativa.

— Não é má ideia tentar obter informações de Scarlett. — Ela olhou para Adam com um sorriso tenso, mas começava a se perguntar se ele tinha sentimentos por Scarlett que não admitia nem para si mesmo. — Mas estamos lidando com dois males, e pelo menos o livro não pode revidar. — Com isso, Cassie teve a última palavra.

13

Cassie cochilava na aula de matemática do oitavo tempo com a monotonia do Sr. Zitofsky explicando a equação de segundo grau quando ouviu o zumbido inconfundível do telefone vibrando na bolsa. Era uma mensagem de texto de Diana:

VENHA À SALA DA BANDA. AGORA.
REUNIÃO DE EMERGÊNCIA.

O olhar de Cassie percorreu a sala, procurando por Melanie, que claramente tinha recebido a mesma mensagem. Elas trocaram um olhar preocupado enquanto Melanie recolhia seu material. O Círculo passou a semana anterior traduzindo o livro de Black John em fragmentos a partir das páginas copiadas por Cassie; talvez alguém tenha encontrado algo importante. Cassie preferia essa teoria à alternativa: que algo terrível tivesse acontecido.

Mas como Cassie e Melanie escapariam da sala de aula sem despertar suspeitas?

Como se alguém lesse seus pensamentos, o alarme de incêndio disparou. O Sr. Zitofsky tirou os óculos e se levantou da cadeira.

— Muito bem, pessoal — disse ele. — Vocês conhecem os procedimentos. Levantem-se e saiam em fila única.

Outra mensagem, daquela vez de Nick, confirmou as desconfianças de Cassie:

ALARME FALSO. NÃO HÁ DE QUÊ.
SALA DA BANDA, AGORA.

Cassie conteve o impulso de sorrir enquanto ela e Melanie seguiam os colegas de turma, feito soldados, porta afora. Os corredores abarrotados e fervilhando de alunos partindo para as saídas de emergência facilitaram sua escapulida para a sala da banda. Elas entraram justo quando Chris perguntava:

— O que estamos fazendo aqui?

Depois ele pegou um trompete e soprou com toda força.

— Era a única sala vazia que conseguimos encontrar, por acaso também à prova de som — disse Deborah. Depois olhou para Cassie. — Que bom que você pôde vir.

Todos do Círculo, menos Adam, já estavam reunidos na sala mal iluminada que os alunos da banda chamavam de Poço. Mas só Chris e Doug mexiam nos instrumentos de som espalhados por ali.

Adam entrou pela porta, e Nick falou:

— Todos chegaram. Agora, o que está acontecendo?

Chris e Doug baixaram as clarinetas e esperaram, com o resto do grupo, que Diana dissesse alguma coisa. Cassie teve a sensação de que aquele anúncio não tinha nenhuma relação com o livro. Diana seguiu Max por bastante tempo, ficando cada vez mais sozinha com ele na semana anterior, e Cassie tinha a angustiante sensação de que o anúncio teria alguma relação com ele.

Diana foi para o meio do grupo e se colocou de frente para uma estante de partitura vazia.

— Tenho notícias desanimadoras — anunciou ela.

— Que choque para nós! — exclamou Faye.

— Alguma vez tivemos reuniões de emergência com *boas notícias*? — acrescentou Deborah.

Diana retirou algo do bolso de trás.

— Encontrei isso enquanto vasculhava a bolsa de Max hoje.

Faye resmungou.

— Vocês passam muito tempo juntos, já estava mesmo na hora de encontrar alguma coisa útil sobre ele.

— Como disse? — retrucou Diana. — Tem alguma coisa para me dizer?

Faye balançou a cabeça.

— Não. Nada. Só estava me perguntando o que você encontrou.

Diana se aproximou solenemente de Suzan e Deborah.

— É uma foto — disse ela. — De vocês duas.

Deborah pegou a fotografia da mão de Diana e a examinou. Suzan olhou por sobre o ombro da amiga.

Cassie viu o rosto de Deborah passar do rosa ao vermelho, e daí para o roxo-claro. Depois ela amassou a foto e a jogou violentamente no chão.

Cassie se abaixou para pegá-la, alisando para ver a imagem. Era uma foto de Suzan e Deborah na noite do baile de primavera. Parecia ter sido tirada de longe, talvez por um celular — tinha uma aparência granulada de câmera de vigilância. Foi depois que acabou a eletricidade, e parecia que Deborah e Suzan usaram magia para iluminar o caminho no escuro. Mas a parte mais perturbadora era que acima do rosto de Suzan e Deborah, a foto tinha a marca do caçador.

Cassie virou a foto para que todo o Círculo visse.

— Agora quase metade de nós está marcada — disse ela.

— Como foi que isso aconteceu? — perguntou Melanie, examinando a foto. — Foi tirada na noite do baile. Como só tomamos conhecimento disso agora?

Suzan assentiu com seriedade.

— Nós sabíamos que havíamos sido marcadas. Mas só... ainda não queríamos contar a todos vocês. Foi idiotice nossa.

— Agora o segredo foi revelado. — Deborah recuou para um canto. Arremeteu o punho contra a parede, e Cassie teve medo de que ela quebrasse o reboco aos murros.

E *foi mesmo* idiotice delas — primeiro usar a magia, depois não contar ao Círculo que foram apanhadas —, mas ninguém tinha coragem para criticar as duas por seu limitado bom senso. Nem quando enfrentavam consequências muito mais graves.

— Isso já foi longe demais. — Adam se levantou. — Outros dois membros sendo marcados significa que temos que fazer algo.

— Fizemos algum progresso na tradução do livro — revelou Laurel. — As páginas em que trabalhamos ontem podem ser a maldição do caçador de bruxas que procurávamos.

❖ 104 ❖

Diana balançou a cabeça.

— Mas é uma tradução desordenada. Ainda está longe de ser concluída.

— Para mim, já devíamos ter tentado há muito tempo. — Faye foi aonde Deborah rondava pelo canto e a trouxe de volta ao grupo. — Vamos nos vingar.

Mas Diana ficou firme, apesar das circunstâncias.

— Não queremos usar magia negra que não compreendemos. É perigoso demais.

— Então é hora de irmos atrás de Scarlett. — Faye estava ficando frustrada. Curvou-se para a frente com o queixo rígido e os olhos dourados brilhando. — Ela é a única que pode nos ajudar a entender a magia negra.

Adam, sensatamente, daquela vez se absteve de opinar, mas Diana surpreendeu a todos quando falou.

— Concordo. — Depois olhou com pesar para Cassie. — Está na hora.

— Não temos forças suficientes para superar o poder de Scarlett, lembra? — disse Melanie. — Nem mesmo todos juntos.

Diana aproveitou a oportunidade e passou o braço por Cassie.

— Seremos fortes com a volta das Chaves Mestras.

Cassie ergueu os olhos a tempo de ver o sorriso de Adam.

— Exatamente — disse ele. — Com as Chaves, teríamos forças para derrotar até mesmo Black John.

— Então, acho que temos que encontrar Scarlett — disse Nick. — Mas só para pegar as Chaves de volta. Por enquanto, só podemos nos arriscar a isso.

Todos pareciam concordar... até Nick. Mas Cassie só conseguia pensar na mãe dizendo que se ela quisesse ter alguma chance de derrotar Scarlett, as respostas estavam no livro. Nada parecia possível ou realista sem os segredos que ele continha.

— Cassie — disse Diana, e só então Cassie percebeu que todo o grupo a olhava. — Precisamos que você esteja conosco.

Cassie olhou cada um deles. Diana parecia desesperada, porém sincera. Deborah e Suzan estavam novamente apavoradas. Faye queria sangue. Por fim, Cassie pousou os olhos em Adam. Ele parecia pesaroso e arrependido por colocar Scarlett mais uma vez à frente da vida deles. Mas fazia o que pensava ser melhor para ela e para os amigos. Era fácil ver isso.

Na realidade, todo o Círculo acreditava que ia conseguir. Eles pensavam que podiam triunfar sobre o mal sem recorrer às trevas. Cassie os invejava, com sinceridade. Houve uma época em que ela também acreditava que isso era possível.

Mas o que poderia dizer? Eles eram seu Círculo, e ela era obrigada a acompanhá-los, se é o que eles iam fazer.

— Estou com vocês — disse ela. — Vamos recuperar nossas Chaves.

14

Naquela noite, Diana e Adam pegaram água salgada da maré alta enquanto Cassie e os outros preparavam a sala secreta para um feitiço de localização a fim de encontrar Scarlett. Suzan e Deborah colocaram velas nos quatro pontos cardeais: norte, sul, leste e oeste. Sean acendeu seus pavios, um de cada vez. Chris e Doug purificaram o ar com incenso de jasmim enquanto Melanie arrumava cristais para limpar a energia. Cassie permitiu que uma pequena parte de si sentisse esperança. Talvez eles conjurassem magia boa suficiente para ter alguma chance naquela briga. Recuperar as Chaves Mestras de Scarlett podia mudar tudo.

Diana e Adam voltaram de fora com um caldeirão de pedra até a borda com água do mar. Eles o baixaram no chão, e o grupo se deu as mãos, encerrando-o em um círculo. Justo como da última vez em que o Círculo realizou aquele feitiço, todos se concentraram na água — em sua clareza e profundidade, na capacidade de se amoldar a qualquer recipiente e em sua utilidade como espelho. Em seguida, invocaram os elementos.

— Poderes da água, eu vos invoco — entrou Diana. Juntos, o Círculo repetiu em voz baixa, quatro vezes, o encantamento de localização:

Agora perdida, logo encontrada
Aquela escondida seja revelada

Eles olharam fixamente para o caldeirão enquanto Diana exclamava:

— Que a água mostre a localização de Scarlett!

E então eles observaram, esperando que surgissem as imagens.

Cassie se concentrava firmemente, dirigindo todo seu desejo e anseio para a água. Ela forçou a mente, implorando que operasse. Quando a primeira imagem começou a tomar forma, ela sentiu uma onda de energia correr pelo corpo.

Era uma casa antiga — do século XVII. E era cercada por um portão de ferro pesado. A casa parecia ter sido um museu, não era mais adequada como habitação, mas não diferia de muitas casas de New Salem e do continente.

Em seguida Cassie viu uma ponte, mas não a reconheceu. Podia ser qualquer ponte em qualquer lugar; nada nela lhe pareceu singular. A ponte desapareceu com a mesma rapidez com que surgiu.

Por fim, começou a se formar uma estranha imagem na superfície da água. Pouco a pouco, vinha à luz um retrato impressionante: um homem com a cabeça e os pés presos por buracos em uma tábua de madeira. Tinha as mãos acorrentadas às costas. Cassie sabia o que olhava — já tinha visto

❖ **108** ❖

um desses. Era um prisioneiro numa canga dos tempos da colônia. Depois a água assumiu um negror inquietante.

Cassie não sabia o que deduzir da estranha série de imagens. Parecia que o feitiço não tinha funcionado tão bem como da última vez. Adam, porém, ergueu a cabeça na direção dos outros com a compreensão nos olhos.

— Não posso acreditar — disse ele. — Ela está muito perto de New Salem.

— Conheço aquele lugar. — Nick assentiu. — É a antiga Casa da Missão Stockbridge, do outro lado da ponte. Devia estar abandonada, mas parece que não está mais.

— Bom, e o que estamos esperando? — perguntou Faye. — Vamos atrás dela.

— Espere. — Diana apagou todas as velas e o incenso. — Primeiro devemos pesquisar que feitiço seria útil contra Scarlett. Assim, pelo menos estaremos preparados para um confronto.

Laurel pegou um caderno e começou a escrever uma lista.

— Precisamos estudar nossos feitiços de defesa — disse ela. — E sem dúvida feitiços de invocação remota. Melanie, consegue ver que cristais podem ser úteis?

Faye deu um peteleco no lápis de Laurel, tirando-o de seus dedos.

— Esqueça tudo isso. Nós temos Cassie.

Cassie baixou os olhos para o tapete puído, sem querer reconhecer o comentário de Faye. É claro que Faye estava indócil para atacar os caçadores. Ela só se importava em marcar pontos, mesmo que isso significasse Cassie usar magia negra. Mas o que Faye não compreendia era que quanto mais Cassie apelasse para a magia negra, mais sombria ela se tornava. Ou talvez Faye compreendesse, mas ainda estava disposta a sacrificar Cassie para o lado negro em prol do Círculo.

— Cassie não vai usar magia negra quando enfrentarmos Scarlett — decidiu Adam. — Em circunstância nenhuma. Mas, tirando isso, eu concordo com Faye. Precisamos agir logo, mesmo que não tenhamos feito toda a pesquisa.

Do outro lado da mesa da sala, Diana olhou para Adam, boquiaberta.

— Não se pode ser precipitado nisto — retrucou ela. — Preciso lembrar a você que em nossa última batalha com Scarlett ela o deixou cego com apenas um aceno?

Suzan e Deborah, sentadas lado a lado no sofá, riram com maldade.

— Eu me lembro — assegurou Adam. — E não foi apenas comigo, foi com todos nós. Mas obrigada por levantar a questão.

Adam procurou o apoio de Nick, supondo que pela primeira vez eles talvez estivessem do mesmo lado de uma disputa.

— Não acha que está na hora da verdade? — perguntou Adam a Nick. — O período de estudos acabou. Não tenho razão?

Por dentro, Cassie fervilhava. Ela queria ir atrás de Scarlett e recuperar as Chaves Mestras mais do que qualquer um deles, porém, no fundo, sabia contra o que lutavam — era a *única* que, de fato, entendia o que combatiam. Era responsabilidade dela se pronunciar.

— Tendo aprendido alguma coisa com a armadilha em que caí em Cape Cod — disse ela —, não quero enfrentar Scarlett despreparada. Ela é mais forte do que todos nós juntos. Tivemos sorte da última vez... Conseguimos afugentá-la, mas não vamos superar seu poder. Nossa única chance de derrotá-la agora é sendo mais inteligentes do que ela.

Cassie voltou sua atenção para Adam.

— Este foi um ótimo debate e tudo, mas uma atitude positiva e um monte de esperanças não vão dar resultado. Precisamos ser realistas. Devemos ter um arsenal de feitiços a mão antes de atravessar a porta daquela casa. Só precisamos de mais um ou dois dias de preparativos. Não é muita coisa.

— Concordo com ela — disse Deborah. — Cassie deve ser quem comanda esta missão.

Nick levantou a mão.

— Eu apoio.

As bochechas de Adam ficaram vermelhas, e Faye soltou um suspiro rabugento.

Laurel pegou caderno e lápis.

— Então, muito bem. Quem tem algo a acrescentar à lista?

Adam se demorou na porta da casa de Cassie, esperando que os outros partissem com suas atribuições. Virou a cabeça de lado para ela e desviou os olhos.

— Precisamos conversar — afirmou ele.

— Sobre o quê?

— Scarlett.

— Parece que ultimamente é só *nisso* que você quer falar — disse Cassie.

O olhar envergonhado de Adam se transformou em algo mais sério.

❖ 111 ❖

— Entendo por que está aborrecida, Cassie. Mas não sugeri que procurássemos Scarlett para eu convidá-la para jantar. — Ele sorriu. — Você sabe disso.

Cassie realmente sabia, mas ainda odiava Scarlett pelo estresse que ela impunha em sua relação com Adam. E esse ressentimento era transferido diretamente para o namorado.

— Era só isso que eu queria dizer. — Adam se curvou e deu um tenso abraço de despedida em Cassie.

Cassie aceitou o abraço sem entusiasmo. Mentalmente, sabia que Adam não fizera nada de errado, mas seu coração se mostrava muito teimoso. Ela só conseguia ver Scarlett e o cordão quando olhava para Adam, era só isso que conseguia sentir quando ele a tocava. Por mais que se esforçasse para racionalizar seu ciúme, ele estava presente.

Depois que Adam foi embora, Cassie fez a única coisa em que pensou para se distrair de sua vida amorosa: foi limpar a cozinha. A mãe logo chegaria em casa, e seria bom para ela voltar a um lar imaculado.

Enquanto varria o chão da cozinha, desfrutando do senso de controle banal que vinha de derrotar a sujeira de uma casa, Nick subiu do porão.

Cassie segurou o cabo da vassoura com força.

— Vai a algum lugar? — perguntou ela.

Nick tirou a vassoura das mãos de Cassie.

— Não, a não ser que você se apresente como acompanhante.

— Bem que eu podia. — Cassie riu. — Mas só depois que este chão estiver limpo.

— Nesse caso, considere feito. — Nick baixou a cabeça e começou a varrer o chão com golpes regulares.

❖ 112 ❖

Cassie o olhava, admirando como ele relaxava tão espontaneamente em uma tarefa física. Remontar motores, consertar canos, cortar lenha — era na força bruta que Nick se superava. Consertar coisas quebradas ou limpar o chão, se era tudo o que ele podia fazer. Havia uma simplicidade rude no amigo que Cassie invejava.

Nick parou de varrer e pousou as mãos no cabo da vassoura.

— Uma moeda por seus pensamentos — disse ele.

— Eu é que devia te pagar se eu começar a falar.

— Experimente. — Nick sorriu. — A primeira sessão é gratuita.

Cassie se recostou na bancada da cozinha.

— Bom, para começar, ando tendo pesadelos horríveis.

— Você acha que é por causa do livro? — perguntou Nick.

— Sim. Venho tendo muitas sensações estranhas desde que esse livro entrou na minha vida. — Cassie se interrompeu. — E as coisas com Adam vêm ficando muito confusas.

Em geral, Nick se retraía sempre que Cassie dizia o nome de Adam, mas dessa vez não foi assim. Seus olhos cor de mogno estavam parados e claros, e o rosto, calmo. De repente Cassie sentia que podia contar tudo a Nick e ele não a julgaria. Ela se aproximou dele.

— Sabe o cordão? — perguntou ela. — Aquele que existe entre mim e Adam?

— O infame cordão prateado. Precisa perguntar?

— Bom, existe outro igual — revelou Cassie. — Entre Adam e Scarlett.

— Humm. — Nick colocou a vassoura de lado e cruzou os braços grossos sobre o peito.

— O que acha que isso significa? — perguntou Cassie.

— A pergunta mais importante é o que *você* acha que significa? — A voz de Nick era calorosa e carinhosa.

Cassie balançou a cabeça.

— Não sei bem.

— Pessoalmente — Nick olhava incisivamente para Cassie —, acho que as pessoas escolhem a quem elas amam.

Houve um segundo de silêncio entre os dois, um momento tenso, e Cassie sentiu algo tremer em seu íntimo. Algo incontrolável. Um calor.

Sem pensar, ela pegou o rosto de Nick nas mãos e o beijou. Foi urgente, apaixonado, nada parecido com os beijos suaves que dera em Adam. Ela estava excitada de uma forma que não sabia ser capaz. Porém, ao mesmo tempo se sentia desligada, como em seu quarto, naquela noite com Adam, depois de tocar o livro. Era como se a mente e o corpo tivessem se dividido. Ela queria parar, mas não conseguia, e então continuou beijando Nick até que ele se afastou.

Ele levou os dedos aos lábios, chocado.

— Mas o que foi isso?

Cassie estava igualmente assombrada.

— Não sei. Desculpe.

— Não peça desculpas, a não ser que fale sério. — O olhar de Nick ardia sobre ela, e o ar entre eles ainda estava eletrizado. Cassie sabia que se não se afastasse agora ia fazer algo de que se arrependeria mais tarde. Ela se virou e subiu a escada correndo para seu quarto, trancando a porta depois de entrar.

Cassie não sabia como lidar com o que acabara de acontecer. Só se deu conta de que ia beijar Nick quando já o estava beijando. No momento, a emoção decorrente disso tomava todo seu corpo. A ânsia sombria e gritante que emanava do seu ser havia sido saciada — tinha conseguido o que queria —, mas agora Cassie sentia apenas um vazio.

15

Na manhã seguinte, a culpa e a vergonha consumiam Cassie. Foi só um beijo, mas não devia ter acontecido. Como é que ela deixou que isso acontecesse? Antes mesmo de afastar as cobertas e sair da cama, ela tentou ligar para Adam. Precisava ajeitar as coisas.

Ele atendeu rapidamente, mas parecia distraído. Ou estava irritado?

— É uma hora ruim? — perguntou Cassie.

— Está tudo bem — respondeu Adam abruptamente. — Que foi?

— Pensei que a gente podia conversar — disse Cassie. — Pode me encontrar na escarpa?

— Não posso.

— É meio importante.

Adam pigarreou nervoso.

— Eu gostaria, mas tenho que estudar para uma prova de história.

Era uma mentira tão óbvia que era quase ofensiva.

— Desde quando você se preocupa tanto com os estudos? — perguntou Cassie.

— Do que você está falando? Desde sempre.

Cassie sabia que havia algo errado. A voz de Adam estava agitada e mais aguda do que o normal. Ele escondia alguma coisa.

— Posso falar com você agora, então, por alguns minutos? — insistiu Cassie. — Tem uma coisa que gostaria de dizer e não quero adiar.

— Olha, agora não é uma hora tão boa. Estou no meio de um lance.

Cassie mal acreditava no que ouvia. Adam devia estar chateado com ela, ele jamais agiria assim. Mas isso não fazia sentido. Na noite anterior ele disse que a amava.

— Eu quero muito conversar — disse Adam. — Mas isso vai ter que esperar. Desculpe, Cassie, mas preciso ir. Ligo para você depois.

Cassie se despediu e ouviu o silêncio na linha por alguns segundos depois de Adam ter desligado. O abismo entre eles parecia ser maior do que ela havia pensado. E Adam sequer sabia do pior. Se ele estava tão chateado com ela agora, qual seria sua reação quando descobrisse que ela beijou Nick?

Passaram-se horas e Cassie ainda não conseguia tirar o telefonema com Adam da cabeça. O que a incomodava não era só ele ter mentido; era ela merecer isso. Ele tinha razão em nem mesmo querer ouvir suas desculpas ridículas. No lugar dele, ela não ia querer conversar também.

Mas havia algo mais pelo que Cassie devia se desculpar, e a garota tinha esperanças de que ele pelo menos a ouvisse.

Ela serviu alguns pratos com frango e legumes e levou até o porão, como uma desculpa para procurar Nick.

Quando entrou na sala secreta, Nick estava sentado no sofá, vendo um filme de terror vagabundo com Deborah e Suzan. Comiam pipoca e riam. Nenhum deles se virou para ela, mas Cassie, no momento em que pôs os olhos em Nick, foi tomada pela vergonha. Nem suportava olhar para ele. Ela apoiou os pratos sobre a mesa da cozinha e correu em direção a escada, o mais rápido que pôde.

Nick notou sua presença e se apressou em segurá-la pelo braço.

— Ei. Aonde você vai?

Cassie olhou para Faye e Laurel, mas nenhuma das duas notou a comoção. Estavam em seus computadores, com os fones no ouvido. E Deborah e Suzan pareciam envolvidas demais no sangue e nas tripas de seu filme para se importar com o que havia entre Nick e Cassie. Elas aumentaram o volume da televisão para abafar a voz deles.

Nick puxou Cassie de lado.

— Você está me evitando. Não há motivo para isso. Se tivermos de falar no assunto, então falemos.

Cassie começou a ficar tonta demais para que completasse uma frase coerente.

— Não sei o que aconteceu ontem à noite — disse ela. — Desculpe, eu ando fora de mim ultimamente.

— Pega leve. Não houve nenhuma catástrofe.

— Nick, eu te beijei. Praticamente voei para cima de você. Adam consideraria isso bem catastrófico.

Nick sorriu com malícia.

❖ **119** ❖

— É verdade. Mas de certo modo entendo por que isso aconteceu.

— Eu queria entender. Estive me esforçando muito para ter você como amigo de novo, depois vou lá e... — Cassie não conseguiu terminar a frase.

— Olha, foi só um instante fugaz — disse Nick, com despreocupação. — Tive mil momentos em que quis fazer algo parecido.

— Teve? — Cassie respirou fundo. — Eu não quis dizer com isso que...

— Não significa que devemos ser outra coisa de novo. Ou que você deva colocar em risco seu relacionamento com Adam. Eu entendo isso.

A reação fria de Nick não combinava muito com a troca acalorada da véspera, mas Cassie aceitaria o que viesse.

— Então, você me perdoa?! — disse ela.

Nick balançou a cabeça.

— Às vezes as coisas acontecem, Cassie. Em especial entre bons amigos. Fronteiras são cruzadas; as coisas ficam confusas.

— Então, é o que nós somos? Bons amigos? Ainda?

Nick evitou a pergunta olhando para o filme que estava perdendo.

— Embora tenha sido um beijo bem ardente, modéstia à parte. — Ele sorriu, e Cassie tentou ignorar o tom um tanto condescendente de sua voz.

O fato era que Cassie tinha sorte por ter não apenas um, mas *dois* caras na vida que realmente gostavam dela. Só queria se sentir digna de qualquer um deles agora.

❖ 120 ❖

Ela pensou na conversa tensa que teve com Adam. Se eles estavam se afastando, ela não ia deixar que a relação terminasse numa briga. Recusar-se a deixar que Scarlett, Nick ou qualquer outro se metesse entre eles era o único jeito de provar a Adam o seu amor — e essa prova seria mais importante do que qualquer outra.

— Que bom que esclarecemos as coisas — disse Cassie. — Agora preciso fazer o controle de danos com meu namorado.

— Acho que isso quer dizer que você vai contar a ele — falou Nick.

— Preciso contar. Sei que não vai ajudar na amizade de vocês, mas não posso esconder isso de Adam.

— Talvez você deva lembrar a ele que esta sala é enfeitiçada para proteção. Se ele quiser me matar, vai ter que me arrastar para fora daqui.

— Vamos torcer para não chegar a esse ponto. Além disso, acho que a essa altura quem vai levar a culpa sou eu. — Cassie deu um beijo no rosto de Nick. — Me deseje sorte.

— Você não precisa de sorte. Adam não vai largar você com essa facilidade toda.

Cassie correu escada acima e saiu de casa, disparando pela quadra banhada de sol enquanto ensaiava mentalmente o pedido de desculpas a Adam. Minutos depois, ela se viu na soleira de madeira da porta do namorado. O Mustang de Adam, ela notou, não estava na entrada, mas ele costumava estacionar na garagem, e o fato não tinha grande significado. Primeiro Cassie bateu na pesada porta de carvalho, depois tocou a campainha. Mas só o que conseguiu ouvir do outro lado foi o latido incessante de Raj. Adam não estava em casa. Não havia ninguém, pelo visto. Mas desde sua conversa naquela manhã, Cassie sabia que havia algo errado. De repente ela imaginou Adam escondido ali dentro, esperando que ela desistisse e o deixasse em paz.

Será que ele realmente fingiria não estar em casa?

Cassie olhou para os dois lados; não havia ninguém à vista, só um carteiro de uniforme azul com fones de ouvido gigantescos, balançando a cabeça com uma música que só ele ouvia. Com pressa, Cassie usou um feitiço para destrancar a porta, que se abriu com um estalo e ela entrou de mansinho. Lá dentro, Raj pulava e latia ansiosamente, como se soubesse que havia algo errado. Fazendo um carinho no cachorro para acalmá-lo e, Cassie correu os olhos pela escuridão da sala de estar e da saleta.

Onde Adam estaria? Onde quer que fosse, claramente não queria que ela soubesse, ou não teria ficado tão estranho ao telefone mais cedo.

Cassie entrou furtivamente no quarto de Adam para dar uma olhada rápida por ali. Sua cama era uma montanha de cobertores desarrumados, e os livros de história estavam fechados na mesa de cabeceira. Era evidente que ele não esteve estudando para a prova de história. Pelo menos agora Cassie tinha uma prova da sua mentira.

Ela procurou na mesa dele alguma pista de onde ele poderia ter ido ou do que estaria aprontando. Enquanto empurrava alguns papéis de lado, seus dedos roçaram por acaso no mouse do computador e o monitor se acendeu. Uma imagem cinza de uma casa antiga encheu a tela. Era a Casa da Missão Stockbridge, Cassie tinha certeza. Era exatamente a casa que havia aparecido durante o feitiço de localização.

E abaixo de sua imagem espectral, havia instruções passo a passo para um motorista chegar lá a partir de New Salem.

Ele não fez isso, pensou Cassie.

Mas enquanto ela clicava pelas informações no computador de Adam, ficava cada vez mais claro que *ele fez*. Era a única explicação lógica e de súbito tudo começava a fazer sentido — as mentiras dele, seu tom ansioso ao telefone, o fato de na reunião do Círculo ele ter concordado com relutância em pesquisar mais, quando só um minuto antes estava se coçando para ir atrás de Scarlett. *Hora da verdade*, foi como ele chamou.

Adam foi atrás de Scarlett. Sozinho.

16

Como Adam podia ser tão teimoso? E tão idiota? Sozinho, ele não tinha chance alguma contra Scarlett. Cassie saiu às pressas e em pânico da casa de Adam e foi diretamente à de Diana; ela saberia o que fazer.

Bateu na porta lustrosa da casa amarelo-limão de Diana, mas ninguém atendeu. *De novo, não*, pensou Cassie. Estava pronta para fazer outro feitiço a fim de destrancá-la quando experimentou a maçaneta. Estalou facilmente sob seu polegar. A porta estava destrancada. Cassie entrou no agradável saguão da casa e chamou o nome de Diana. Sua voz ecoou no consolo envernizado da lareira e nos enfeites de bronze.

Não houve resposta, mas o estampido grave de uma música alta demais vinha do quarto de Diana. Isso explicava por que ela não ouviu Cassie bater. Cassie subiu ao quarto dela e abriu a porta.

— Diana? — disse ela, enquanto registrava a imagem que tinha diante de si. Diana não estava sozinha. Estava na cama com...

— Ai, meu Deus. — Era Max. E ele beijava Diana. E ela correspondia.

— Cassie! — gritou Diana, afastando-se apressadamente de Max. — O que está fazendo aqui?

— A porta estava aberta — gaguejou Cassie. — Tentei bater, mas... Desculpe.

Max pulou da cama, ficou de pé e em um movimento rápido desligou a música.

— Não é o que você está pensando — disse ele. Ele se apoiava nos calcanhares e as panturrilhas bronzeadas estavam flexionadas, como se estivesse posicionado para se desviar de um ataque frontal.

— Está tudo bem. — Diana olhou com solidariedade para Max. — Era só uma questão de tempo até que alguém nos descobrisse. Pelo menos é a Cassie.

Max se acomodou e passou as mãos no cabelo. Depois, procurou as meias e os tênis no chão.

— Acho que vocês precisam conversar — disse ele, seu tom parecia um pedido de desculpas. — Devo sair.

— Não precisa ir embora — avisou Diana, suavemente. — É só nos dar um minuto.

Cassie deu um passo de lado enquanto Max tropeçava porta afora, evitando os olhos dela.

— Vou ficar lá embaixo. — Ele fechou a porta, e Cassie se virou para Diana.

— Por favor, me deixe explicar — disse Diana, sem dar à Cassie a oportunidade de reagir.

Cassie não sabia o que dizer. Precisava contar à Diana sobre Adam ter ido à Casa da Missão — era uma questão de vida ou morte. Porém, antes mesmo de poder pronunciar uma palavra sequer, Diana caiu em prantos.

— Este segredo estava me matando. — Os olhos esmeralda de Diana ficaram rosados de emoção. — Me desculpe por não ter contado a você. É só que... eu sabia que seria difícil para todo mundo entender.

Cassie se sentou na colcha macia de frente para Diana e deixou que ela falasse. Era evidente que ela esteve guardando aquilo por algum tempo e precisava desabafar.

— Quando comecei com Max — disse Diana —, descobri que gostava de verdade dele. Pode não parecer assim, Cassie, mas ele é um encanto, é um amor. E apesar de como às vezes ele age na escola, ele não dá a mínima para o que os outros pensam.

— Não duvido disso. — Cassie tentou parecer objetiva e sem preconceitos. — Mas Max é nosso inimigo. Ele próprio marcou Faye, e o pessoal dele matou Constance e Portia. Ele deve saber que você é uma bruxa também.

Diana assentiu, agora soluçando.

— Sei disso. Não me esqueci de tudo que ele nos fez. Mas sabe o cordão? A ligação que você e Adam têm? Eu vi entre mim e Max.

Cassie engoliu o bolo na garganta que se formou à menção do cordão prateado. Ele parecia estar pipocando para todo lado ultimamente.

— Tem certeza?

Diana chorava tanto que Cassie sabia que ela não podia estar equivocada.

— Você entre todas as pessoas tem que entender — pediu Diana. — Nem sempre a gente escolhe por quem se apaixona.

Cassie reconheceu que Diana jamais teria escolhido aquele caminho se tivesse alternativa. Sentia pena da amiga, de certo modo. Não podia ser fácil se apaixonar por seu inimigo jurado.

Cassie acariciou as costas de Diana.

— Não a culpo por se apaixonar por ele. Ele é bonito e gostou de você desde que te viu pela primeira vez. Mas, para mim, é difícil entender exatamente *como* isso aconteceu.

Diana pegou um lenço de papel para enxugar o rosto banhado de lágrimas.

— Quando eu estava tentando passar algum tempo com ele, para espionar, percebi como realmente era *ser* ele. Ele teve que se mudar de um lugar para outro a vida toda, perseguindo bruxos com um pai horrível. Ele não tem mãe nem irmãos. Como muitos de nós, Cassie.

Diana pegou outro lenço de papel na caixa e passou nos olhos.

— É muito difícil para ele confiar nas pessoas. Ele está assustado e solitário. Sabe o que isso começou a parecer? Enganar esse cara realmente bom levando-o a acreditar que eu não tinha motivos ocultos para ficar com ele?

Diana não esperou que Cassie respondesse.

— Depois, um dia, estávamos no quarto dele e o pai chegou em casa cedo. No momento em que a porta da casa bateu, Max se virou para mim, apavorado. Segurou minha mão e me levou para a janela, e percebi que era comigo que ele estava preocupado, não com ele. Saímos pela janela e corremos para a mata atrás de sua casa. Estávamos descalços, com os sapatos na mão, e as pedras e galhos cortavam a sola dos nossos pés enlameados, mas não paramos. Muito depois de ficar evidente que estávamos em segurança, Max ainda segurava minha mão, me puxando, até que finalmente não consegui continuar.

❖ **128** ❖

Parei, sem fôlego, e perguntei a ele por que ainda estávamos correndo. E foi quando ele me beijou pela primeira vez. Curvou-se e nossos lábios se tocaram, uma onda de energia correu por mim, diferente de tudo o que já senti. Ele disse, "Quero continuar correndo até termos a liberdade". E foi como se de repente eu estivesse flutuando para fora de mim. Eu podia ver nós dois de pé ali, na mata, e estávamos ligados por uma faixa de energia... Um cordão prateado que zumbia, cantava e ligava meu coração ao dele. E entendi que não podia jamais ser rompido, que nossas vidas estavam ligadas.

Cassie ficou em silêncio, olhando com solidariedade para Diana.

— Sei que parece loucura — disse Diana —, mas eu confio nele, Cassie. Ele não faria nada para me machucar.

— Se você confia nele, eu confio em você — falou Cassie. — Mas do jeito que as coisas se encaminham, é provável que haja uma batalha entre nós e eles. Você entende isso, não é?

— Eu sei. — Diana soltou um forte suspiro. — Praticamente só consigo pensar nisso. Mas até que isso aconteça, posso te pedir para guardar este segredo?

Cassie queria expressar apoio, mas estava preocupada com a posição de Diana de agora em diante. Ela ficaria dividida entre seu amor por Max e a devoção ao Círculo, e Cassie sabia como o verdadeiro amor podia ser poderoso.

— Me deixe te fazer uma pergunta importante — propôs Cassie. — E preciso que você me diga a verdade. Há alguma possibilidade de sua lealdade se desviar quando chegar a hora da luta?

— Não há possibilidade nenhuma de isso acontecer. — Diana tinha parado de chorar, mas seus olhos ainda estavam

❖ 129 ❖

inchados e vermelhos. — Garanto a você. Minha aliança sempre será com o Círculo, mesmo que isso me mate. É só que ainda não estou preparada para que eles saibam. Por favor.

Diana soava muito convincente. E tinha razão, o Círculo jamais compreenderia o quanto ela estava apaixonada por Max.

— Seu segredo está seguro comigo — afirmou Cassie. — Mas ainda não acabamos esse assunto.

E Cassie se levantou para ir embora. Toda a conversa sobre cordões e ligações irresistíveis a deixava ainda mais nervosa a respeito de Adam. Mas ela não queria se arriscar a explicar a situação de Adam a Diana com Max tão perto.

— Espere. — Diana seguiu Cassie para a porta quando percebeu que ela ia embora. — Não precisa de mim para alguma coisa?

— Não é nada importante. Deixa pra lá.

Ela teria que ir atrás de Adam sozinha. Mas precisava partir agora, antes que fosse tarde demais.

17

Usando as orientações para motoristas que ela encontrou no computador de Adam, Cassie chegou a Stockbridge logo depois do pôr do sol. Era difícil não ver a Casa da Missão depois de atravessar a ponte. Era uma antiga construção cinzenta, muito dilapidada, com postigos de madeira tortos e musgo subindo pela fachada — exatamente como apareceu na água do feitiço de localização.

E exatamente como Cassie viu no feitiço, a casa era cercada por um gradil de ferro pontudo. Cassie descobriu que era baixo, e ela podia pular sem dificuldade nenhuma. Ela caiu com os dois pés na lama esponjosa do jardim e começou a explorar a propriedade cercada.

Cassie contornou o perímetro, pensando em suas opções para entrar na casa — e também para fugir. Pelo que via, tinha três portas: uma na frente, uma nos fundos e a terceira na lateral da casa. As três pareciam de má qualidade, frágeis e fáceis de abrir, mas a porta dos fundos nem mesmo estava fechada. Havia se aberto com a brisa fraca.

Cassie entrou em silêncio e esperou que sua intuição a alertasse da localização de Adam. Fechou os olhos e concentrou a energia, chamando por ele mentalmente.

Mas ela ouviu algo na sala principal. Era um som delicado e fino — o barulho de páginas sendo viradas.

Cassie seguiu o ruído por um corredor comprido e embolorado. O som vinha em ecos regulares, guiando-a pelo escuro e pelo piso de madeira empoeirado. Levou-a diretamente à soleira da sala principal.

Era um espaço desarrumado, tomado do que parecia mobília de segunda mão. Tudo era descasado, como se o dono tivesse simplesmente deixado todas as quinquilharias indesejadas em um cômodo antes de abandonar o lugar.

Adam estava ali, parado diante de Scarlett, respirando com dificuldade.

— Eu te trouxe o Livro das Sombras do seu pai — disse ele. — O que mais você quer de mim? Não tenho mais nada a oferecer.

O livro. Cassie pensou ter reconhecido o chamado, e agora seus piores temores se confirmavam. Adam deve ter retirado o livro do quarto dela. Ele era o único que sabia onde estava escondido e onde encontrar a chave.

A capa de couro gasta parecia ainda mais sombria do que de costume nas mãos brancas de Scarlett, e Cassie se agitou por dentro. Aquele livro era *dela*, assim como Adam.

Scarlett se curvou para perto de Adam, de modo que o rosto dos dois quase se tocavam.

— Quero de você exatamente o que você quer de mim.

Adam não se afastou.

— Só o que quero de você são as Chaves Mestras — disse ele, a boca a centímetros da de Scarlett. — E mais nada.

Cassie ia interromper, se revelar, mas parou no último minuto. Adam estava em segurança, por enquanto. Em Cape Cod, a vantagem foi de Scarlett, mas Cassie tinha o elemento surpresa. Se conseguisse pegar Scarlett no momento certo... Sua cabeça girava com as possibilidades.

— Está mentindo. — Scarlett pôs a mão no peito de Adam e a deixou ali. — Mas pelo menos seu coração diz a verdade.

Adam recuou, afastando a mão de Scarlett de seu corpo.

— Sei que as Chaves estão em algum lugar por aqui. Se não está disposta a entregá-las, eu mesmo vou encontrar.

Ele se virou para a gaveta de uma cômoda, depois para um armário.

— Gosto de você, Adam — disse Scarlett. — Mas isso não significa que eu não o machucaria. Acha sinceramente que vou deixar você sair daqui com as Chaves Mestras?

Adam ignorou o alerta de Scarlett e partiu para a cômoda.

— Tolo — resmungou Scarlett, balançando a cabeça. Lançou um feitiço negro que jogou Adam no chão. Cassie estremeceu só de olhar.

— Por que insiste em me desafiar? — As mãos de Scarlett pairavam acima do corpo de Adam, que soltava um grito sofrido. — Essa dor que você está sentindo — disse ela —, quero que entenda que você mesmo a criou. Você está me obrigando a fazer isso agora.

Adam gritava como um animal ferido, arranhando o chão, tentando se afastar.

❖ 133 ❖

— Se você deseja a morte — continuou Scarlett —, assim será. — Ela lançou os punhos, e Adam gritou como quem é chicoteado. Ela fez o gesto mais uma vez e depois outra. Em cada ocasião, Adam gritava mais alto, implorando que Scarlett parasse.

Cassie não podia ficar parada ali, vendo Adam ser torturado, nem por mais um segundo. Correu para Scarlett de mãos estendidas e gritou, "*Fragilis!*"

Era o mesmo feitiço que Scarlett havia usado em Cassie da última vez que elas lutaram. Era um feitiço de magia negra, mas Cassie agora sabia como fazê-lo. Tinha absorvido de algum modo nas últimas semanas.

Antes mesmo de saber o que a atingiu, Scarlett caiu no chão ao lado de Adam, como se toda a energia fosse arrancada de seu corpo. Ela se esforçou para levantar a cabeça e ver quem a flagrou desprevenida em seu próprio esconderijo.

Cassie se voltou para Adam e gritou "Saia daqui!", mas no momento em que ele se colocou de pé, Scarlett recitou uma frase, "*Hoc funem est carcerem*", e Adam voou de costas para a cadeira de madeira na frente do sofá. As tiras do estofado da cadeira se soltaram, e tiras grossas amarraram firmemente Adam.

— Sinceramente, Cassie — disse Scarlett, levantando-se. — Você não achava que seria tão fácil assim, né? — Scarlett ergueu os braços e se concentrou em Cassie, mas Cassie se antecipou a ela.

— *Cadunt* — ordenou Cassie. Scarlett caiu de joelhos de novo, depois tombou no chão. Caiu com braços e pernas retos e rígidos em um movimento rápido, como uma árvore tomba na floresta.

— O que estava dizendo sobre facilidade? — Cassie a provocou.

Scarlett ficou de costas, imóvel e reta.

— Me desamarra, Cassie! — gritou Adam. — Precisamos sair daqui.

Cassie fingiu não ouvir. No momento podia tranquilamente libertar Adam sem sequer usar as mãos. Um simples feitiço teria feito isso. Mas eram as amarras que o mantinham seguro, longe do fogo cruzado. Aquela briga era entre ela e a irmã, e no momento Cassie estava disposta a ir até o fim.

Cassie gritou para Scarlett, estirada no chão.

— Já teve o bastante? Ou devo continuar? Porque só estou no aquecimento.

Scarlett se recusava a se render. O feitiço de defesa que ela berrou parecia um pedido de socorro aos gritos, ou uma súplica ao próprio corpo.

— *Oriuntur* — proferiu Scarlett, e usou cada grama de forças que tinha para se levantar de novo.

O livro... Cassie notou — *o livro dela* — tinha escorregado das mãos de Scarlett.

Cassie lançou os dedos carregados para suas páginas e invocou "*Mihi venit!*"

Para surpresa de Scarlett, e da própria Cassie, o livro estremeceu e se levantou do chão até ficar no nível dos olhos de Cassie. Depois flutuou pela sala como uma folha apanhada pelo vento, indo diretamente para suas mãos estendidas.

Cassie segurou a capa macia do livro e o abraçou ao peito.

Desesperada, Scarlett lançou de novo os dedos trêmulos para Cassie.

— *Praestrangulo* — gritou ela. — *Caecitas!* — Ela estava frenética, experimentando cada feitiço que conhecia. Mas agora a vantagem era de Cassie.

— *Divorsus* — disse Cassie, calmamente. O simples movimento de seu braço bloqueou todos os feitiços febris de Scarlett.

Com o livro do pai nas mãos, Cassie entendeu de onde vinha seu novo poder. De algum modo, tinha penetrado suas veias nas últimas semanas; os feitiços de Black John agora eram dela. Sentia o poder do livro correndo por ela. Isso era certo. Era Scarlett quem tinha de morrer.

— E eu que pensava que você me daria muito trabalho — disse Cassie, zombando de Scarlett. — Tomei você por uma adversária digna.

Scarlett ficava sem opções. Mal sendo capaz de se levantar, exausta de lançar tantos feitiços, por um momento ela olhou para uma despensa pequena, isolada da sala por duas portas dobráveis.

O olhar rápido da irmã não passou despercebido a Cassie.

— Humm. — Ela se virou para o armário. — O que será que tem ali? Serão minhas Chaves? Aquelas que você roubou de mim?

Os olhos de Scarlett se arregalaram, e ela disparou para as portas do armário.

— *Desiccare!* — gritou Cassie.

Scarlett caiu no chão mais uma vez. Suas pernas e braços enrijeceram como os membros de um cadáver.

— Acho que *isto* responde. — À vontade, Cassie andou até Scarlett. Observou o feitiço paralisar a coluna de Scarlett e o seu pescoço encarquilhar.

— Cassie! — gritou Adam, desesperado. — Me desamarra, agora!

Por fim o rosto de Scarlett sucumbiu ao feitiço. Secou e murchou como pêssego em conserva, depois ficou cinzento e lívido — e imóvel como uma máscara, exceto pelos olhos, que disparavam freneticamente de um lado a outro.

— Você já sabe disso — disse Cassie. — Mas vou lembrá-la mais uma vez. As Chaves Mestras pertencem a mim. E, de agora em diante, elas respondem somente a mim. E sabe aquele garoto ali? — Ela gesticulou para Adam. — Ele é meu.

Os olhos escuros de Scarlett ficaram mais lentos até parar, endurecendo-se até um tom cinzento de pedra que combinava com o resto do corpo dessecado.

Cassie sorriu.

— E agora, quem você acha que é a favorita do papai? Vou te dar uma dica: não é você.

— Cassie! — chamou Adam, mas parecia muito distante, como se estivesse na outra ponta de um longo túnel. Ela sabia que estava na sala, mas no momento ele parecia pequeno e insignificante. Podia muito bem nem estar ali.

— Você não é nada — disse Cassie a Scarlett. — Nada.

Cassie se sentia invencível. Agora podia destruir Scarlett com muita facilidade. De repente ela sabia as palavras certas. Vieram-lhe do fundo de suas entranhas agitadas. Ela sentiu o gosto das palavras, ácidas como alcaçuz em sua língua:

I maledicentibus vobis in mortem.

Eu a condeno à morte.

18

— Cassie! — gritou Adam. — Seus olhos. Você precisa parar!

Cassie ouviu os gritos de Adam, mas não conseguia registrar o significado. Só o que conseguia ver era a imagem de Scarlett, à sua frente, morta.

— Você vai matá-la! — alertou Adam, pouco antes de Cassie poder pronunciar as palavras que assassinariam a irmã.

Cassie gaguejou, confusa, como se Adam finalmente a tivesse despertado de um pesadelo.

— É Black John. São as trevas controlando você — disse Adam. — Essa não é você, Cassie. — Ela olhou a sala como se nunca a tivesse visto, depois para Scarlett, que morria aos seus pés.

Cassie sentiu seu interior desmoronar. As pernas ficaram moles, e ela tonta. Adam tinha razão. Aquela não era ela.

Com cuidado, ela colocou o Livro das Sombras do pai na mesa e se afastou dele com cautela. Depois olhou para Adam.

— O que eu fiz?

O rosto de Adam voltou a corar, e seus ombros relaxaram.

— O que você *quase* fez, graças a Deus. — Ele respirou fundo. — Pensei que tinha te perdido para sempre.

Cassie correu até Adam e desamarrou seus braços.

— Existe um jeito melhor de lidar com Scarlett — disse ele. — Vamos descobrir qual é juntos. Mas precisa me desamarrar primeiro.

O primeiro instinto de Cassie foi usar a magia para libertar Adam, mas ela pensou melhor. Ela o desamarrou à moda antiga, puxando e desfazendo os nós que o confinavam à cadeira até ele estar livre.

Adam se levantou e esticou as pernas. Esfregou os pulsos doloridos e queimados pela corda.

— Onde você aprendeu todos aqueles feitiços negros? — perguntou ele. — Conseguiu traduzir tudo isso do livro?

— Não. Não sei — respondeu Cassie. — De repente me vieram à cabeça.

— Como assim, vieram à sua cabeça? Como se estivessem dentro de você? Seus olhos estavam negros e brilhantes como besouros.

— Adam, eu não sei. Será que não podemos nos concentrar em Scarlett agora? — Scarlett ainda estava imóvel no chão, cinzenta e dessecada.

— Ela vai ficar bem? — perguntou Adam.

— Acho que sim. Mas também posso fazer um feitiço reverso.

Por um minuto, Adam pensou nas opções que tinham.

— Antes que ela consiga se mexer de novo, há outro feitiço que acho que devemos experimentar. Vai evitar que ela volte a New Salem. O que você acha? Está pronta para isso?

— Uma ordem de restrição mágica! — exclamou Cassie. — Parece ótimo, mas acho que nossa magia comum não tem força para contê-la.

— Vai funcionar. — Adam acenou para o armário.

As Chaves Mestras. É claro. Em todo aquele tumulto, Cassie quase se esqueceu delas.

Cassie contornou Scarlett para abrir as portas dobráveis do armário. Vasculhou algumas porcarias no piso e deslocou umas caixas numa prateleira alta, e lá estavam elas. Quietas ali, esperando que as pegasse. O bracelete de prata, a liga de couro e o diadema cintilante.

Cassie estendeu a mão para cada uma delas. Primeiro o bracelete. Ela o colocou no braço. Sua prata suave era fria na pele. Em seguida ela prendeu a liga de couro macia na coxa. Adam aproximou-se de suas costas quando ela pegou o diadema. Ele o ajeitou na cabeça de Cassie.

— Agora está perfeita — disse ele. — Esta é a Cassie que eu conheço e amo.

Cassie tentou absorver a energia positiva de cada Chave... para se sentir a Cassie que Adam conhecia e amava. Ela se esforçou ao máximo para sorrir.

— Eu me sinto bem — disse ela. — Melhor. — Depois olhou para Scarlett. — Vamos tentar o feitiço de restrição.

— Primeiro precisaremos de algumas coisas. — Adam andou pela casa, procurando suprimentos, vasculhando diferentes gavetas e armários. — Volto logo — avisou, e foi ao jardim.

Cassie teve alguns minutos para pensar sobre tudo que passara. Chegou muito perto de matar a irmã. Como Adam poderia vê-la do mesmo jeito? Como ela poderia usar as Chaves Mestras agora, ou mesmo ser digna delas mais uma vez?

Adam voltou para dentro, de rosto corado e com um punhado de terra.

— Certo — afirmou ele. — Vamos tentar esse feitiço.

Ele se curvou para Scarlett e orientou a mão de Cassie para a testa da irmã.

— Você a segura aqui e se concentra. É importante que suas intenções sejam sempre claras, Cassie, pode fazer isso?

— Sim — disse Cassie, com tranquilidade. Mas ela sabia que precisaria se esforçar.

A testa de Scarlett estava fria e dura; quase parecia que Cassie tocava um cadáver. Adam acendeu uma vela e a balançou acima do corpo de Scarlett, de um lado a outro, do alto da cabeça à sola dos pés. Depois recitou um encantamento.

— Está banida de New Salem, Scarlett, pelo poder do fogo.

Cassie imaginou uma luz suave e tranquilizadora. Imaginou que ficava cada vez mais intensa até que envolvia não só Scarlett, mas também Adam e ela própria.

Adam prendeu a vela acesa em um castiçal no chão, ao norte da cabeça de Scarlett. Em seguida, espalhou no chão o punhado de terra que havia recolhido do jardim, cercando Scarlett. E falou:

— Está banida de New Salem, Scarlett, pelo poder da terra.

Cassie sentia o cheiro da trilha de terra argilosa e se lembrou da salubridade elementar da terra, a limpeza completa da área. Imaginou a luz branca tomando toda a sala, depois a casa inteira, de dentro para fora.

Em seguida Adam pegou um copo de água que havia colocado na mesa. Mergulhou a mão no copo e borrifou as gotas, com chuva, sobre a pele de Scarlett.

— Está banida de New Salem, Scarlett, pelo poder da água — disse ele.

Enfim, Adam abriu a porta da casa e uma janela grande do lado contrário, criando uma forte corrente de vento na sala principal. A lufada de ar apagou a vela posta no chão.

— Está banida de New Salem, Scarlett, pelo poder do ar — disse ele.

Ele colocou as mãos delicadamente sobre a de Cassie, unindo-se a ela na testa de Scarlett. Fechou os olhos e falou.

— Fogo, terra, água e ar, e o poder das Chaves Mestras, que assim seja.

Scarlett se mexeu, e Adam abriu os olhos.

— Acabou — anunciou ele.

Cassie deixou as mãos caírem junto do corpo.

— Deu certo?

— Vamos descobrir — disse Adam. — Mas, depois de tudo isso, acho que ela não será mais uma grande ameaça.

Cassie concordou com a cabeça, mas não tinha tanta certeza. Não conseguia imaginar um momento em que Scarlett não fosse uma ameaça.

Adam pegou o Livro das Sombras de Black John e gesticulou para a porta.

— O que acha de a gente ir embora daqui?

Cassie olhou Scarlett pela última vez e assentiu.

Foi até a porta da casa e segurou a maçaneta. Com a outra mão, acenou para Scarlett com os dedos.

— *I tollere malun incantatores* — disse ela, as palavras do feitiço reverso.

A cor de Scarlett voltava, e ela ofegou no momento em que Cassie e Adam estavam saindo, batendo a porta da casa.

19

Depois que voltaram à casa de Cassie, Adam e Cassie passaram alguns minutos sentados no balanço da varanda, recuperando-se. Estava escuro, e os dois agora começavam a bocejar, a adrenalina baixando. Adam se virou para Cassie e abriu um sorriso tímido.

— Obrigada por salvar meu couro lá.

Cassie ficou reconfortada pela capacidade de Adam de brincar com a situação — significava que ele começava a superar o choque de vê-la dominada pela magia negra. Talvez as coisas enfim voltassem ao normal para eles. Primeiro, porém, ela precisava abordar o que ele fizera.

— Eu te devia uma — disse Cassie. — Mas foi idiotice sua ir sozinho atrás de Scarlett. Você podia ter morrido.

— Para mim, não pareceu idiotice. Eu sabia onde você escondia o livro e tinha esperanças de trocá-lo pelas Chaves Mestras.

— Mas você tem ideia de o quanto o livro pode ser perigoso nas mãos de Scarlett?

— Para ser franco com você, Cassie, fiz isso porque queria tirar o livro de você. Pensei que, se o retirasse de suas mãos, salvaria você das trevas. Precisa acreditar em mim, eu estava tentando ajudar.

Cassie se lembrou de como o livro parecia invocá-la sempre que Scarlett virava uma de suas páginas, como ele a instigou a atacar a irmã com magia negra.

— Depois de como eu agi naquela casa — falou Cassie —, tenho medo de que seja tarde demais. Acho que o livro já fez seus danos.

— Não. Não fale assim. Chegou perto, mas não aconteceu nada de irreparável.

O coração de Cassie de imediato se encheu de pesar. Ela sabia que aquele era o momento de contar a Adam o que aconteceu na noite anterior com Nick. Se não contasse então, talvez jamais voltasse a ter essa coragem.

— Eu fiz uma coisa irreparável — confessou ela. — Queria que não fosse verdade, mas é.

— O que você fez? — perguntou Adam, mas como Cassie continuou em silêncio, ele tentou um tom menos acusador. — Não importa o que seja, podemos superar isso. Desde que você seja sincera comigo. — Cassie ainda sentiu certo medo na voz dele.

— Ontem à noite — disse Cassie, sentindo-se enjoada com a vergonha —, eu beijei Nick.

Todo o corpo de Adam se contraiu.

— Não acredito que ele fez isso — resmungou ele para o ar.

— A culpa foi só minha — insistiu Cassie. — Nick foi um perfeito cavalheiro. Eu praticamente o obriguei.

Adam olhou fixamente à frente por um segundo.

— Nem imagina o quanto lamento por isso — desculpou-se Cassie.

Ela torcia para que Adam falasse alguma coisa, mas ele ficou num silêncio mortal.

— Sei que isso não é justificativa — continuou Cassie. — Mas, quando aconteceu, foi como se o livro quisesse que eu te magoasse. Como se ele tivesse dominado minha mente e meu corpo. Não consegui me controlar.

— Entendo — disse Adam. Sua voz falhava de emoção. — Não quero ouvir mais nada.

— Mas eu quero que você entenda que não era para isso ter acontecido. Não é o que sinto por Nick. Sei que ainda não acertamos as coisas, e você tem todo o direito de me odiar...

— Eu não consigo odiar você — disse Adam —, mas não posso dizer que não estou meio magoado.

Cassie colocou a mão no joelho de Adam, aliviada por ele pelo menos falar com ela.

— Nunca mais vai acontecer. Eu prometo.

— Sei que não vai acontecer de novo. Principalmente, depois de descobrirmos o que fazer com esse livro. — Adam olhou para o livro entre eles, junto das Chaves Mestras. — É o livro que eu odeio, não você.

Uma onda de preocupação tomou conta de Cassie. E se o ressentimento de Adam pelo livro o levasse a fazer algo drástico? Será que ele tentaria destruí-lo?

— Nós dois cometemos erros recentemente — argumentou Adam. — E temos preocupações bem maiores. Um beijo não é a pior delas.

— Preocupações maiores. Como a de eu ser completamente má.

Adam balançou a cabeça.

— Você não é má, Cassie. Um dia, eu te prometo, nossa vida será normal o bastante para eu surtar se você beijar outro cara por vontade própria, não porque um livro amaldiçoado a obrigou a isso.

Cassie teve que rir enquanto Adam dava um leve empurrão no balanço, voltando a jogar os dois para a frente e para trás.

Adam respirou fundo, prendeu o ar e soltou um forte suspiro, como se expulsasse cada mágoa e pensamento negativo dentro dele. Olhou com desejo para Cassie, curvou-se e a beijou.

Cassie jamais se sentiu tão encantada com um beijo em toda a vida. Por alguns minutos felizes, ela se esqueceu de todos os problemas. Estava curada. Estava com Adam e era só isso que importava.

Adam deve ter sentido o mesmo, porque agora sua paixão por Cassie era urgente e suplicante. Ele a beijou como se não a visse havia anos, como se quisesse apagar da mente de Cassie o beijo em Nick e reclamá-la para si.

Mas finalmente Cassie, com relutância, se afastou.

— Precisamos entrar. Podemos continuar isso mais tarde, em particular, depois de contarmos a todos que recuperamos as Chaves Mestras.

Adam concordou, e os dois saíram do balanço. Ajeitaram as roupas e pegaram o livro e as Chaves a fim de levá-los para dentro.

— Eles vão pirar quando virem isto aqui — disse Adam, erguendo as Chaves como um troféu. Elas brilhavam à luz da lua.

— Eu sei. Mas talvez a gente possa deixar de fora a piore parte da história, né?

Adam não discutiu. Os dois entraram na casa e desceram a escada para o porão. Animados, revelaram a porta oculta; porém, do outro lado, encontraram o espaço vazio.

— Olá! — chamou Cassie. — Saiam daí, onde quer que estejam.

Em segundos, a jovialidade que ela sentia foi sufocada. Aquilo não era uma brincadeira de esconde-esconde. Nem mesmo um integrante do Círculo foi encontrado na sala.

Havia laptops abertos e pratos com comida ainda na mesa. A luminária de Laurel não foi apagada, assim como a luz do banheiro.

Cassie baixou o livro do pai e as Chaves Mestras, e um nó se formou em sua garganta.

— Mas para onde eles podem ter ido? — perguntou ela. Não conseguia declarar a preocupação que a atormentava: se os amigos foram descobertos, provavelmente morreram.

— Não há como os caçadores entrarem aqui. — Adam examinou o ambiente numa busca desesperada por pistas. — Eles devem estar com o resto do Círculo. Mande um torpedo para Diana.

Cassie procurou o telefone na bolsa. Ela o havia silenciado a caminho de Stockbridge e se esqueceu de religar o som. Agora uma lista de mensagens de texto urgentes, principalmente de Nick, a encaravam.

Ela examinou as mensagens, nervosa.

— Faye foi atrás do diretor — falou para Adam. — Os outros correram atrás dela, para impedir que ela fizesse alguma idiotice.

— Tarde demais. — Adam bateu a mão na mesa. — Essa maldição de caçadores de bruxas traduzida pela metade jamais vai funcionar.

— O último torpedo diz que eles foram para a escola. — Cassie colocou o celular no bolso. — Foi mandado há vinte minutos.

Sem dizer mais nada, os dois subiram a escada correndo. Cassie sentiu o calor fugir do rosto e o pânico tomar o estômago. Tentou recuperar o fôlego quando entrou no carro de Adam, mas foi em vão.

Adam pisou fundo no acelerador, seus olhos desvairados. Cassie via o velocímetro formar um arco constante da esquerda para a direita. Ele devia estar dirigindo a uns 140 quilômetros por hora, mas nem assim parecia rápido. Se eles não conseguissem chegar à escola a tempo... Cassie não queria imaginar.

Mas ela precisava se preparar psicologicamente. Mesmo que os amigos estivessem mortos no chão quando eles chegassem, Cassie ainda tinha que estar pronta para lutar.

20

Ao chegar à escola, Adam e Cassie não sabiam para onde olhar primeiro. O céu estava escuro como a noite, mas havia luzes de segurança o suficiente para que eles tivessem uma boa visão do terreno. Do estacionamento, passaram os olhos pelas arquibancadas e pelo campo de futebol vazios. Verificaram o perímetro do prédio e a ala externa, onde ficava a sala do diretor.

— Acha que eles estão lá dentro? — perguntou Cassie. — Talvez a gente deva se dividir.

— Ali em cima — disse Adam. — Acho que são eles.

Havia movimento no telhado do prédio, sombras que mal podiam ser vistas, porém uma discussão ecoou até o chão. Cassie afastou o medo e se obrigou a acalmar o tremor no estômago. Se eram ruídos de uma briga, significava que ainda havia luta.

Adam correu para a escada de incêndio enferrujada que subia pela lateral do prédio, e Cassie foi logo atrás dele. Subiram em silêncio até quase o topo. Ali, encontraram Diana, Melanie, Chris, Doug e Sean escondendo-se atrás do parapeito de metal.

Diana notou a presença dos dois e pôs o dedo nos lábios para indicar que deviam fazer silêncio. Cassie e Adam foram até onde pudessem ver a ação, no meio do terraço. A vista era assombrosa.

Nick, Faye, Laurel, Deborah e Suzan estavam alinhados num círculo defensivo estreito. Pareciam aprisionados e sem poder, como que confinados a uma jaula. E suas marcas brilhavam forte no peito, como corações iridescentes batendo por cima das roupas.

As marcas do caçador devem brilhar na presença das relíquias, pensou Cassie. Três caçadores cercavam o grupo e cada um deles portava uma pedra cinzenta, entalhada com a temível forma do símbolo do caçador.

Eram o diretor e mais dois — um homem e uma mulher. Cassie se perguntou onde estaria Max. Será que Diana tinha algo a ver com sua ausência? Mas aquela não era hora de fazer perguntas.

O homem era mais velho; Cassie diria até idoso. Tinha cabelo branco e comprido, e olhos da cor do gelo. A mulher parecia ter mais ou menos a idade da mãe de Cassie. Era muito magra e tinha cabelo e olhos castanhos, mas a semelhança entre os dois era inconfundível.

Em sua pesquisa, Laurel identificou dois dos últimos caçadores restantes como Jedediah Felton — ancestral de uma das mais temidas famílias de caçadores da história — e sua filha, Louvera Felton. Agora eles estavam ali em carne e osso.

Os Felton não tinham a aparência que Cassie esperava. Pareciam muito normais. Na imaginação de Cassie, os caçadores eram homens gigantescos de aparência tribal que vestiam apenas uma espécie de traje tradicional, como o quimono de um mestre das artes marciais. Mas esses caçadores teriam passado por três adultos mundanos se não fosse pelas relíquias antigas que brandiam como armas.

— Eles não parecem tão durões — disse Adam. — Sem essas pedras, para nós eles não são nada.

— Mas as pedras contêm um poder que remonta a seiscentos anos — cochichou Diana. — Não foi isso que Laurel falou?

Cassie assentiu.

— O que eles estão murmurando? — perguntou Adam. — Acha que é o feitiço da morte?

Os caçadores entoavam um murmúrio, repetindo uma frase sinistra:

I sum eius agens,
I occidere in eius nomen...
I sum eius agens,
I occidere in eius nomen...

Nessa hora, os cinco amigos no meio do terraço caíram de joelhos. Seguravam a cabeça como se sofressem de uma terrível enxaqueca.

— Deve ser a maldição da morte — disse Cassie. Ela quis avançar e se revelar, mas Diana a segurou pelo braço e a puxou para trás.

— Espere — disse ela. — Se nos mostrarmos, vamos ficar presos como os outros. A maldição do caçador de bruxas que traduzimos não deve ter funcionado. Caso contrário, Faye e os outros não estariam nesta situação.

❖ **153** ❖

Laurel e Suzan se contorciam no chão aos pés dos caçadores. Faye estava de joelhos, gritando de dor. Nick se contraía, segurando a cabeça como se sangrasse, e Deborah parecia ter desmaiado.

— Precisamos tentar alguma coisa — disse Cassie. — Provavelmente só temos alguns minutos, talvez até segundos.

— Um feitiço de bloqueio — esclareceu Adam. — Para virar a energia da maldição de volta para eles. Com nós sete, talvez tenhamos poder suficiente. — Ele fechou os olhos e segurou as mãos de Cassie. — Repita comigo: *Caçadores, dispersem. Revertemos sua maldição.*

O grupo ficou de braços dados e obedeceu a Adam, embora Cassie não acreditasse muito que um feitiço genérico teria força suficiente para produzir efeito naquelas relíquias antigas. Ainda assim, ela concentrou toda sua energia no encantamento.

— *Caçadores, dispersem. Revertemos sua maldição.*

No início nada aconteceu, mas depois os caçadores pararam. Continuando seu zumbido baixo, olhavam de um lado a outro. A magia chamou sua atenção, mas eles continuaram o encantamento.

E então Cassie sentiu uma alteração. Um poder tempestuoso. Sem saber de onde vinha, uma série de novas palavras brotou de sua boca.

— *Venatores dispergam. Nos vertite maledictionem.* — As palavras eram roucas e guturais, elevando-se do fundo da garganta. De imediato ela reconheceu a sensação como magia negra, mas permitiu que saísse. Todo seu ser tremia de êxtase doloroso.

Agora os caçadores ficaram verdadeiramente assustados. Pararam de entoar e procuraram nas sombras a origem do feitiço. Agitavam as relíquias, mas não pareciam entender o que sentiam. Só sabiam que não era bom.

— *Venatores dispergam. Nos vertite maledictionem* — repetiu Cassie.

O Sr. Boylan fechou a carranca para os outros, por romperem a concentração.

— Foco! — gritou. — Ainda não terminamos.

Mas segundos depois o velho parou de recitar a maldição. Sua cara se avermelhou, e ele agarrou o peito.

— É um antigo — disse ele. — Não sei como, mas tenho certeza disso.

Jedediah se curvou e começou a bater no próprio coração.

— Encontrem-no — gritou ele aos outros.

Mas Cassie continuou a pronunciar suas palavras sombrias, agora num tom mais alto, porque viu que funcionavam. Adam e os outros ficaram em silêncio ao seu lado, ainda de braços dados.

Louvera quis ir a auxílio do pai, mas também segurou o peito como se tivesse um ataque cardíaco. Ofegava, incapaz de falar.

O Sr. Boylan se enfraquecia visivelmente. Sua coluna se curvou para baixo, transformando a postura normalmente rígida em um ponto de interrogação arredondado. Toda a cor desapareceu do rosto, e o corpo todo se sacudia de exaustão.

Jedediah ficou de quatro e se arrastou para a porta no terraço que levava ao prédio da escola.

Louvera gritou com o ar que lhe restava, "Liberte-os!" Ela sufocava e se arrastava na mesma direção do velho, deslizando pelo vão no terraço para a segurança.

Mas o diretor se recusava a fugir. Continuou a recitar a maldição, segurando firme a relíquia, enquanto caía de joelhos.

Cassie avançou alguns passos, dirigindo as palavras diretamente a ele. O diretor tentou se levantar, mas voltou a cair.

Um por um, os membros do Círculo que tinham caído se levantavam lentamente. Faye e Laurel, depois Nick e Suzan, por fim Deborah, livravam-se da dor que os tinha debilitado minutos antes.

Cassie sentia que ficava mais forte à medida que o Sr. Boylan enfraquecia, como se ela sugasse seu poder e o guardasse para uso próprio. Ela o viu se encolher diante de seus olhos, arfando como um animal acovardado. Ele agarrou o peito e gritou. Mas Cassie não tinha remorsos por ele. Só estava enojada com sua fragilidade. Tinha certeza de que ele continuaria ali, murchando até morrer, e ela deixaria.

Em seguida, pela última vez, ele se levantou. Oscilou e, ainda sem saber de onde vinha a verdadeira oposição, dirigiu a atenção a Faye. Em uma última tentativa desesperada, lançou toda a energia que lhe restava para ela, gritando a maldição da morte pela última vez o mais alto que pôde.

Antes que Faye entendesse o que acontecia, Suzan pulou à sua frente, tirando-a do caminho, derrubando a amiga no chão.

Com seu poder esgotado, Boylan enfim bateu em retirada. Indefeso e bamboleando, arrastou-se para longe dali, atravessando o terraço e descendo pela mesma rota de fuga dos companheiros caçadores.

Cassie ainda avançava para ele, ainda pronunciando a maldição.

— Cassie — chamou Adam. — Já chega. Ele se foi.

Mas Cassie não parou: as palavras continuavam correndo por ela como um piano que toca sozinho. Ela não queria que aquela sensação tivesse um fim.

Adam a segurou pelos ombros e a sacudiu intensamente.

— Para com isso! — gritou ele. — Os caçadores foram embora.

De algum modo as palavras de Adam alcançaram Cassie através do túnel comprido em que ela se perdera. Ela voltou à consciência num estalo e olhou em volta, tonta.

Chris e Doug entraram em foco, depois Sean e Melanie, e Cassie, mesmo com a visão toldada, enxergava os símbolos do caçador brilhando em suas roupas. Cada um deles foi marcado. Depois Cassie virou-se para Diana e viu que ela também tinha o símbolo brilhando na manga. Assim como Adam. Cassie apontou, tremendo.

— Eu sei — disse Adam. — Eu vi.

Em seguida Cassie baixou os olhos e viu a frente de sua blusa também brilhando. Agora todos estavam na mesma situação. Todo o Círculo foi marcado. Uma estranha calma caiu sobre Cassie, como se o pior finalmente tivesse acontecido e agora eles pudessem tocar a vida — mas então Faye soltou com um grito agudo e assombrado que gelou o sangue de Cassie.

Faye se ajoelhava, trêmula, sobre uma Suzan imóvel.

Tudo virou um borrão à medida que todos correram para onde Suzan jazia. Adam chegou lá primeiro. Caiu de joelhos e verificou o pescoço e o pulso, procurando um sinal de vida. Depois tentou escutar se Suzan respirava.

— Chamem uma ambulância! — gritou ele, mas ninguém se mexeu. Os olhos de Suzan já estavam vidrados. Seu rosto tinha endurecido em uma máscara sem vida.

— Ela morreu — disse Faye, mais consigo mesma do que com Adam. — Ela morreu salvando minha vida.

❖ 157 ❖

— Não! — Adam estremeceu, recusando-se a aceitar a verdade. Tentou fazer uma massagem cardíaca. Tentou a respiração boca a boca. Por fim, limitou-se a socar o peito de Suzan. Mas era tarde demais.

Cassie se ajoelhou para ver com os próprios olhos o que nenhum deles suportava registrar. O símbolo mortal do caçador de bruxas brilhava forte na testa de Susan.

21

Uma brisa cálida farfalhou a folhagem do cemitério quando o Círculo e o pai de Suzan se reuniram para seu enterro. Era um dia incrivelmente ensolarado, o que só fez Cassie se sentir culpada por poder desfrutar disso quando Suzan não podia. Suzan era uma pessoa alegre, sempre capaz de se divertir em qualquer situação. Como era possível que todos estivessem ali, agora, sob o sol forte, enquanto Suzan seria sepultada em uma terra preta e suja? Aquilo não era justo, e nada que ninguém dissesse daria algum sentido ao fato.

A maior parte do cemitério era plana, composta por alguns pequenos lagos e regatos sinuosos. O litoral entrecortado era visível ao longe, a leste. A oeste havia morros arborizados. E, dominando tudo isso, estavam os penhascos de granito bem ao norte. Era um lugar lindo. Por que maravilhas como essa se tornavam muito mais visíveis pela morte e perda? Foi porque aconteceram tragédias? Para abrir nossos olhos aos milagres, para nos obrigar a valorizar a alegria?

Só Deborah teve coragem para rezar um breve louvor junto do caixão de Suzan, oferecer algumas palavras que pudessem apreender o que todo o Círculo sentia. Ela limpou a garganta e olhou com carinho para o pai de Suzan.

— Era fácil subestimar Suzan — disse ela, e algumas pessoas riram. — Na verdade, Suzan queria ser subestimada, assim podia surpreender a pessoa com sua inteligência e espirituosidade, sua generosidade, a bondade e, não vamos esquecer, o sarcasmo. Por baixo de todas as roupas bonitas e da maquiagem, Suzan era uma alma pura. — Deborah agora continha as lágrimas. — Ela era completamente pura. E todos nós vamos sentir muito a sua falta.

Todos choravam, porém Faye era a mais aflita de todas. Mal conseguia se manter de pé, tão dominada pela tristeza. Para impedir que seu choro interrompesse a cerimônia, ela se afastou e se recostou numa árvore sem folhas.

Cassie foi até Faye. Aproximou-se dela como quem chega perto de um gato vira-lata ferido na rua, com atenção e cautela, totalmente preparada para recuar se necessário. Tentou abraçar Faye, mas ela de imediato a afastou.

— Não quero que sinta pena de mim. Me deixa em paz.

— Faye, nada disso foi sua culpa. Não pode ficar se culpando.

Faye fitava intensamente o chão.

— Devia ter sido eu. Queria que fosse eu naquele caixão agora.

— Faye.

— Não, Cassie. É fácil para você dizer que não é culpa de ninguém. Você salvou o dia. É a heroína. Mas fui o motivo para que Suzan estivesse naquele terraço, antes de qualquer coisa. Depois ela se jogou na frente da maldição da morte para me salvar. Então, não fique parada aí tentando fazer com que eu me sinta melhor. Eu não mereço isso.

Cassie entendia o sentimento. Ela também não queria se sentir melhor. E, se Faye queria se punir, não havia nada que Cassie pudesse fazer para convencê-la do contrário. Ela se aproximou um passo de Faye, mas daquela vez não tentou tocar nela. Só ficou ali perto, em silêncio, respeitosa, na esperança de que pelo menos isso deixasse Faye menos sozinha em seus remorsos.

Elas observaram o resto da cerimônia juntas, de longe. Depois que o caixão foi baixado na terra, não havia mais nada a fazer senão voltar em fila para seus carros.

Cassie segurou a mão de Faye e a levou pelo gramado até o resto do grupo. Com a outra mão, pegou a de Adam. Juntos, os onze andaram solenemente pelo cemitério, mas Cassie sentia que cada passo afastava um do outro. Aquela devastação rompeu seu vínculo e enfraqueceu a aliança.

E então Cassie olhou seus dedos entrelaçados nos de Adam. Desejou que estivesse ali. O cordão prateado. Mas não apareceu nada.

A cidade de New Salem estranhamente ganhava vida em torno dos enterros. Gente que Cassie nunca vira entrava na casa de Suzan com flores e comida para o pai dela. Ele era educado, porém estava em choque. Podia levar semanas para que a realidade da morte de Suzan de fato o afetasse. Cassie desejou poder procurá-lo agora e lhe dar uma explicação para o que aconteceu à filha. Ele deve ter muitas perguntas. Mas Cassie se conteve. Talvez fosse melhor não dizer nada. De qualquer modo, uma explicação não serviria de nada.

Diana se aproximou de Cassie e cochichou em seu ouvido.

— Está vendo aquelas? — disse ela, apontando um buquê de lírios. — São de Max.

Cassie sabia que Diana sofria. Não devia ser fácil não ter Max por perto quando mais precisava dele. Teria sido impossível Cassie suportar esse dia sem Adam. Mas Adam não era um inimigo jurado do Círculo.

Diana tocou com anseio um dos lírios.

— Eu terminei com ele, sabia?

Cassie tentou não aparentar alívio.

— Depois do que aconteceu com Suzan, percebi que era tudo muito perigoso — continuou Diana. — Eu disse a ele que precisava apoiar meu Círculo.

— E ele reagiu bem a isso?

— Ele não tem alternativa — disse Diana, mas olhou a sala, como se tivesse esperanças de que Max entrasse a qualquer momento.

Cassie sabia o que era isso. Certa vez ela havia desistido de Adam pelo bem do Círculo e por sua amizade com Diana. Procurou em sua mente a coisa certa a dizer. Max não esteve no terraço na noite da batalha, então talvez não fosse assim tão ruim — talvez ele tivesse dúvidas quanto a ser um caçador. Mas Cassie ainda não podia ignorar a realidade: foi Max que marcou Faye. Foi o pai de Max que matou Suzan ... Suzan, que eles enterraram só uma hora antes. Cassie não podia deixar de ficar feliz por Diana ter terminado com ele, pelo menos por enquanto.

— Olha, Diana — disse Cassie. — Ninguém sabe o que o futuro trará. O que vai acontecer entre você e Max mais adiante é algo que não podemos prever. Mas, hoje, você tem seus amigos. E estamos aqui para lhe dar apoio... Temos de nos apoiar, agora mais do que nunca.

— Tem razão. E eu agradeço. Acredite em mim, estou agradecida. — Diana se interrompeu. — É só que às vezes eu queria que tudo pudesse ser normal. Sabe do que estou falando?

— Bom — disse Cassie, olhando para Adam. Ele recebia estranhos à porta, agradecendo pela comida e pelas flores, orientando-os para a sala de estar. Estava sempre disposto a ajudar, sempre o cavalheiro gentil. Como Cassie podia julgar Diana severamente por escolher uma pessoa complicada para amar, quando ela sabia que não havia escolha nenhuma?

— Sabe o que eu acho? — Cassie puxou Diana num abraço. — Acho que às vezes o normal é superestimado.

22

Naquela mesma noite, depois que os enlutados foram para casa, o Círculo se reuniu na sala de estar de Diana. Sentaram-se imóveis, encostando-se um no outro, fitando o vazio como se esperassem algo que nenhum deles conseguia nomear. Ouviam o barulho da chuva no telhado e as furiosas rajadas de vento batendo na janela da sacada. Lá fora, o céu noturno ficava rosado da tempestade: a cor preferida de Suzan.

Ninguém sabia o que dizer, e muito não era dito. Aquelas palavras sem voz pairavam no ar como fantasmas entre o grupo: podia ter sido qualquer um deles a morrer. Se Cassie não aparecesse, todos teriam símbolos mortais do caçador de bruxas brilhando na testa. Era um estranho estado de espírito, ficar ao mesmo tempo triste pela morte da amiga e felizes por terem sido poupados.

Faye estava sentada e abraçada aos joelhos na ponta do sofá, isolada dos outros. Seus olhos eram vagos e transmitiam cansaço. Cassie entendia que Faye precisaria de muito tempo para voltar a seu estado de sempre, mas, mesmo então, talvez jamais fosse a mesma.

Diana respirou fundo e olhou o grupo.

— Uma de nós está morta — disse ela. — O Círculo foi rompido. — Seu Livro das Sombras estava ao lado. Ela o pegou e colocou no colo. — Não quero falar nisso mais do que vocês, mas precisamos descobrir o que vai acontecer agora que nosso Círculo está incompleto.

— Significa que estamos fracos de novo — ponderou Deborah. — Como estávamos antes da iniciação de Cassie, antes de ficarmos completos.

Melanie concordou com a cabeça.

— Esta é a pior hora para termos um Círculo rompido, com a ameaça conjunta dos caçadores e Scarlett. Não pretendo ser fria, mas precisamos iniciar alguém no lugar de Suzan o mais rápido possível.

Os olhos de Laurel se encheram de lágrimas. Cassie não podia culpá-la. Ela também não suportava pensar nesses aspectos técnicos. Queria ir para casa, tomar um banho quente e enterrar a cabeça no ombro da mãe. Mas precisava apoiar os amigos... precisava tentar ajudar como pudesse.

Cassie deu ao Círculo a única informação que conhecia.

— Scarlett disse que, quando morre alguém em um Círculo sob vínculo, precisa ser substituído por alguém da própria linhagem sanguínea. O próximo na linhagem familiar. Então, não temos muito que discutir sobre quem fica no lugar de Suzan.

— É verdade — disse Adam, respondendo à Cassie. — Mas Suzan não tinha irmãos, nem outro familiar, até onde sabemos. E então, como vai ser agora?

— Talvez passe a ser um curinga — sugeriu Nick. — E podemos escolher quem quisermos.

— Queria que fosse assim, mas eu ficaria chocada se fosse tão simples. — Diana folheou o Livro das Sombras, procurando alguma informação. Segundos depois, encontrou a página que buscava.

— Este é um feitiço de árvore genealógica — disse ela, erguendo o livro para que todos vissem e voltando a colocá-lo no colo. — Pode nos ajudar a preencher qualquer vazio na origem familiar de Suzan.

Adam leu o feitiço por cima do ombro de Diana.

— Pode mesmo nos dizer quem seria o seguinte na linha. Se existir alguém.

— Tenho certeza de que a linhagem sanguínea de Suzan terminou com ela — declarou Deborah. — Ela era filha única de dois filhos únicos. Não era?

— Não podemos ter certeza. — Adam olhou por cima do livro. — A família de Suzan era notoriamente reservada. O pai se recusava a falar sobre o passado com ela. Acho que vale a pena verificar sua árvore genealógica.

Diana leu as instruções detalhadas.

— Parece bem simples. Só precisamos de um pouco de papel texturizado e... — Sua voz falhou.

— O quê? — perguntou Sean, como se pressentisse o pior.

— Precisamos de alguma coisa de Suzan — disse Diana em voz baixa. — Algo que contenha seu DNA. Como o sangue.

A sala ficou em silêncio. Cassie teve visões medonhas do corpo de Suzan enterrado no chão frio.

— De jeito nenhum — protestou ela. — Pode esquecer.

Mas Laurel se levantou rapidamente e foi a outro cômodo. Voltou trazendo a bolsa de couro macio de Suzan.

— Eu trouxe isto para podemos fazer um ritual de paz profunda esta noite. Tipo um memorial com algumas de suas coisas preferidas.

Laurel abriu a bolsa para que todos vissem o conteúdo. Era uma mistureba de maquiagem, chicletes e embalagens amassadas de chocolate. Cassie sentiu um bolo se formar na garganta. Havia algo de sacrílego em vasculhar objetos pessoais de um falecido. A bolsa até tinha o cheiro de Suzan.

— Acho que não vamos encontrar nenhum sangue aí — disse Cassie. — Pelo menos eu espero que não.

— Não é o que estou procurando. — Laurel pegou a escova de cabelo de Suzan no fundo da bolsa. Retirou alguns fios embolados do cabelo louro-arruivado de suas cerdas. — Aqui está o DNA — disse ela à Diana. — Vai funcionar igual a uma amostra de sangue.

— Laurel, você é um gênio. — Diana correu à gaveta de sua mesa para pegar um bloco de desenho. Folheou o bloco, passando por desenhos a carvão e pinturas em acrílico, até encontrar uma página em branco. Arrancou com cuidado e levou de volta ao grupo. Em seguida, continuou a leitura do Livro das Sombras.

— Ainda vamos precisar de tinta — falou Diana. — Mas tem que vir de alguma coisa com que Suzan tenha feito contato direto. Tem alguma caneta dentro da bolsa? Se ela usou recentemente, talvez ainda contenha parte da sua energia.

Laurel procurou na bolsa, mas não encontrou uma caneta.

— Sem sorte nenhuma — disse ela. — Mas talvez isto funcione. — Ela estendeu à Diana um frasco do esmalte de Suzan. Era da mesma cor que ela havia usado no início da semana: magenta com glitter.

Diana pegou o vidrinho na mão de Laurel e o abriu.

— Sem dúvida ela teve contato com isto.

Cassie e os outros se reuniram em volta de Diana, formando uma roda, enquanto ela preparava o feitiço. Ela colocou o papel texturizado no chão e espalhou o cabelo de Suzan por ali, como instruía o Livro das Sombras. Depois pingou algumas gotas do esmalte no meio da página e disse:

Genealogia de Suzan, venha a nós revelar
Que novo membro nosso Círculo terá

De imediato, linhas de um roxo rosado saturaram os veios do papel como sangue. Do alto da folha, uma árvore começou a se desenhar em traços magenta-claros. Era larga em sua base e subia, dividindo-se em galhos grossos, espalhando-se por todo o papel. Ramos formaram-se, em seguida nomes ligados a cada ramo.

— Está funcionando — disse Diana. — Nem acredito.

Cassie olhava cada geração da família de Suzan aparecer na árvore, como frutos. Os primeiros nomes datavam de trezentos anos antes, o que significava que os ancestrais de Suzan deviam estar entre as famílias que fundaram New Salem. A árvore crescia rapidamente pelas décadas e parecia ganhar velocidade à medida que se aproximava do presente.

Quando apareceram os nomes dos pais de Suzan, praticamente cada centímetro do papel tinha sido tingido numa requintada impressão.

— Linda Forsythe — disse Laurel. — Esta era a mãe de Suzan, que morreu na tempestade. Mas a teríamos conhecido como Linda Whittier.

— Forsythe? — disse Cassie em voz alta, mas ninguém a ouviu. Só agora ela se lembrou de que o sobrenome Whittier vinha do lado do pai de Suzan. Não havia pensado na linhagem sanguínea da mãe.

— Forsythe? — repetiu Cassie. Seu estômago se torceu ao ver o nome. — Este era o nome de solteira da mãe de Susan?

Mas ninguém respondeu. Todos estavam concentrados demais na próxima linha que era desenhada na árvore.

O nome de Linda Forsythe ligou-se ao do marido, depois se ramificou, formando o nome de Suzan. Mas outro ramo se formou a partir do nome Linda Forsythe: Laura Forsythe.

— Quem é essa? — perguntou Melanie.

— Parece que a mãe de Susan tinha uma irmã de que não sabíamos. Uma irmã. Forsythe... — disse Diana, virando-se para Cassie, empalidecendo. — Espere aí. Não é aquela...

O último nome na árvore provocou um silêncio mortal em Diana. Ramificou-se a partir do nome de Laura Forsythe e reluzia em magenta forte: *Scarlett Forsythe*.

— Não — protestou Cassie. Mas ela viu, horrorizada, uma última linha vermelha ligar o nome de Suzan ao de Scarlett. — Isso não pode estar certo. Suzan e Scarlett não podem ser parentes.

— Suzan e Scarlett eram primas? — disse Adam.

— Isso significa o que estou pensando? — perguntou Laurel.

Cassie começou a suar frio. Então esse era o nome da mãe de Scarlett. Laura Forsythe. A mulher que brigou com a mãe de Cassie pela afeição de Black John. Ela havia fugido de New Salem, Cassie sabia disso. A mãe lhe tinha dito que estava desaparecida, nunca mais se ouviu falar dessa mulher. Mas ali estava ela, agora, muito depois de ter morrido, aparecendo mais uma vez como um elemento fundamental do passado e do futuro.

— Sem dúvida Suzan não sabia que tinha uma tia — falou Melanie. — E Scarlett também não deve saber disso. Ou ela teria ido atrás de Suzan como foi atrás de Cassie, para ter um lugar no Círculo.

Diana pegou o papel e olhou o nome de Scarlett.

— E agora ela conseguiu de todo jeito. É nossa nova integrante, gostemos disso ou não.

— A não ser que nós não a iniciemos — disse Cassie.

23

— Se não iniciarmos Scarlett no Círculo — disse Adam —, vamos estar muito mais fracos na luta contra os caçadores.

A chuva ainda caía aos montes. Cassie a olhava pela grande janela de sacada da sala de estar de Diana. Era melhor do que olhar o nome de Scarlett escrito em magenta na árvore genealógica de Suzan.

—Temos que iniciá-la — afirmou Melanie. — Nada importa mais do que derrotar os caçadores, principalmente depois do que eles fizeram com Suzan.

— Mas a gente sabe que ela tem motivos dissimulados e não merece confiança — argumentou Nick. — Lembre que ela queria o lugar de Cassie no Círculo para usar o poder do grupo para seus próprios fins. Seria tão ruim quanto iniciar Black John em pessoa.

Melanie zombou de Nick.

— Esse foi o maior exagero que ouvi na vida.

Cassie queria que essa conversa parasse. Lá fora, o céu tinha se acomodado em um roxo-escuro e as nuvens corriam e assumiam formas sempre cambiantes. Cassie viu um coração, depois um castelo, em seguida nada, só um manto cinzento. Sua mente vagou, e uma imagem lampejou em seus olhos: ela na Casa da Missão prestes a matar Scarlett. Porém, daquela vez faria tudo. Completaria o feitiço de morte e os olhos de Scarlett ficariam vidrados como os de Suzan no terraço, depois enrijeceria como uma estátua. Cassie imaginou exatamente como seria para Scarlett desaparecer para sempre — o Círculo enfim estaria livre.

É isso, pensou Cassie. Aquela era a solução. Ela teria que matar Scarlett. Depois, eles se arriscariam trazendo para o Círculo outro familiar perdido na linhagem.

Mas então ela balançou a cabeça, livrando-se da ideia. *Não*, disse a si mesma. *Mande luz a este pensamento sombrio e livre-se dele.*

Cassie sabia que precisava reprimir cada intenção maligna no momento em que aparecesse, antes que o pensamento a agarrasse e se apoderasse dela.

— Cassie — disse Adam. — Você está bem? Está branca feito um fantasma.

— Estou bem. — Mas a fraqueza em sua voz a entregou.

— Tá vendo? — disse Melanie. — Agora até Cassie está mais fraca. Eu te falei.

— Não estou mais fraca — rebateu Cassie.

Melanie, porém, estava obstinada.

— Sim, está. Todos nós estamos.

— É o que veremos. — Chris voltou sua atenção à cesta de frutas da mesa de centro de Diana. — Quem quer me ver levitar uma maçã? — perguntou ele. Mas os segundos passaram e nada aconteceu. A maçã não se mexeu, e Chris ficava cada vez mais frustrado com o passar do tempo.

Melanie cruzou os braços, presunçosa.

— Talvez/ se nós dois tentarmos — disse Doug, colocando-se ao lado do irmão. Concentrou a atenção na fruta também. Com o poder combinado dos dois, a maçã estremeceu. Ergueu-se da tigela por um breve segundo, mas caiu de volta.

— Droga. — Chris perdeu o fôlego, cansado. — Mas quase conseguimos.

— Obrigado por provar o quanto estamos sem poder — disse Nick. Ele olhou para Cassie com preocupação. — Talvez a gente esteja mais fraco do que antes de você chegar à cidade.

Cassie voltou a olhar pela janela e respirou fundo. Ficava cada vez mais claro que sua única alternativa não era destruir Scarlett. Era contrariar toda a lógica e convidá-la a se unir a eles.

— Nem conseguimos fazer a mais simples magia cotidiana com um Círculo incompleto — disse Melanie. — Que dirá alguma coisa com força suficiente para combater os caçadores. Para mim, devemos iniciar Scarlett, derrotar os caçadores, depois pensamos no que fazer com ela.

— O que quer dizer com "depois pensamos no que fazer com ela"? — Diana estreitou os olhos para Melanie. — Depois que for iniciada, estaremos vinculados a ela. Você sabe disso. Usá-la e depois traí-la comprometeria a integridade do nosso Círculo. Para não falar em nosso respeito próprio.

Provavelmente será isto que Scarlett fará conosco, pensou Cassie, mas dizer isso só pioraria as coisas. Ela se levantou e assumiu o centro da sala.

— Não há uma boa decisão a ser tomada aqui — disse ela. — Só uma decisão ruim. Por mais que eu deteste admitir isso, precisamos de Scarlett.

O queixo de Nick enrijeceu enquanto ele cerrava os dentes.

— Eu não a quero como membro — reclamou ele. — Deve haver uma alternativa.

— É Scarlett ou ninguém — disse Adam, recusando-se a olhar nos olhos de Nick e se voltando para o grupo. — Não precisamos confiar nela, mas acho que temos de iniciá-la. Vocês sabem o que dizem sobre manter nossos inimigos por perto. Bom, não podemos mantê-la mais perto do que dentro do Círculo. Pelo menos ela estará num lugar em que vamos poder vigiá-la.

— Que ótimo — disse Nick. — Então, a gente pode assistir da primeira fileira quando ela assumir o controle sobre nós.

— Espere aí. — Diana levantou os braços para calar os dois. — Nós somos onze, e Scarlett é uma só. O que o faz ter tanta certeza de que será fácil para ela nos controlar?

— É — disse Sean. — Uma semente ruim não pode estragar o pacote, ou Faye teria acabado com o Círculo há muito tempo.

Faye olhou feio para Sean enquanto Diana continuava.

— O que quero dizer é que sabemos do que Scarlett é capaz, e assim é menos provável que a gente caia em algum de seus truques. Não se esqueçam de que temos as Chaves Mestras novamente em nossas mãos.

Nick pensou nos argumentos de Diana por alguns segundos antes de concordar.

— Tudo bem — disse ele. — Se Cassie está disposta a se arriscar com Scarlett, então estou com ela.

— Todos concordam? — perguntou Adam.

Ninguém se pronunciou em contrário, o que era o mais próximo do consenso que eles conseguiriam.

— Ótimo. Está combinado — concluiu Adam. — Cassie e eu cuidaremos de dar a notícia a Scarlett e trazê-la para New Salem amanhã.

O grupo se dividiu e partiu para suas casas, Cassie compreendia todo o impacto da decisão tomada. Ela concordou realmente em trazer para sua vida a outra garota que tinha ligação com a alma de Adam? A garota que tentou matá-la e que ela própria tentou matar? Era como riscar um fósforo gasto só para ver se acenderia.

Cassie pegou a mão de Adam e a apertou.

— Encontro você daqui a pouco — falou para ele. — Quero ter uma palavrinha com Diana.

Adam lhe deu um beijo na boca sem perguntar, assim ela não teve de explicar exatamente *por que* queria falar com Diana. Não precisava justificar o Livro das Sombras do pai enfiado no fundo da bolsa. Simplesmente esperou que todos saíssem da casa até que só restassem as duas.

— Pensei que você tinha ido embora com Adam — disse Diana, quando notou que Cassie ainda estava por ali.

— Podemos conversar? — perguntou Cassie.

Diana olhou, nervosa, a sala de estar, embora as duas estivessem sozinhas. Talvez pensasse que Cassie ia fazer perguntas sobre Max.

— Vamos para o meu quarto — disse ela, levando Cassie à escada.

Já fazia muito tempo que Cassie não ficava na cama de Diana trocando segredos com ela. Depois de um instante sentada ali, Cassie foi dominada pela saudade de uma época mais simples. Antes de Scarlett entrar na vida deles, e até bem antes disso, antes de Adam se tornar um problema entre as duas.

Diana se aproximou de Cassie e perguntou:

— Acha que o pai de Suzan sabia de Laura Forsythe? Ou que Laura tinha uma filha?

— Eu acho que ele jamais soube da existência de Scarlett — respondeu Cassie. — Mas, mesmo que soubesse, agora faz parte do passado.

Diana concordou com a cabeça.

— É muito estranho, parece que todos nós estamos relacionados, mesmo sem saber. E mesmo quando não queremos estar.

Cassie sentiu que Diana se referia a mais do que apenas as linhagens familiares.

— Tenho a sensação de que você está pensando em Max. E no cordão prateado.

Diana ficou em silêncio, e Cassie teve o impulso de contar tudo sobre o cordão entre Adam e Scarlett. Ela queria chorar no ombro de Diana até que a amiga lhe desse as típicas palavras de sabedoria que deixavam tudo melhor. Infelizmente, havia questões mais urgentes.

Cassie vasculhou a bolsa e pegou o livro do pai. Estendeu-o para Diana.

— Pode guardar isto para mim? Manter longe de mim por algum tempo?

Diana olhou o livro com cautela, depois o aceitou delicadamente das mãos de Cassie.

— Claro. Mas por quê?

Diana franziu o cenho quando Cassie descreveu o que sentiu no terraço quando usou a magia negra contra os caçadores. Cassie também contou o que aconteceu com Scarlett em Stockbridge.

— Eu entrei em transe — disse Cassie. — E quase matei Scarlett. Sei que foi por causa do livro. Ele mexe com a minha cabeça.

Diana assentiu com gravidade.

— Como disse Adam, agora você está vinculada ao livro. E ainda não entendemos inteiramente o que isso significa.

— Mas o pior — disse Cassie — é que a sensação é muito boa quando estou assim. É o prazer mais sedutor... Nem consigo descrever. Só depois, quando saio dele, é que eu me sinto mal. — Cassie baixou os olhos, envergonhada.

— Ei. — Diana a abraçou. — Todos nós sucumbimos à tentação vez ou outra. Mesmo quando sabemos que pode ser perigoso.

— Mas tenho medo de que um dia desses eu leve tudo longe demais. E se eu fizer alguma coisa e não puder voltar atrás... Ou pior, e se eu não conseguir voltar? Sempre que isso acontece, parece que me envolvo cada vez mais fundo.

— Você não precisa se preocupar — disse Diana. — Vou guardar bem o livro, e juntas a manteremos a salvo.

Cassie já se sentia melhor. Se havia alguém no mundo a quem podia confiar o livro, era Diana. Mas ainda sentiu a necessidade de dar um alerta severo à amiga.

— Precisa me contar se acontecer algo fora do comum, entendeu? Se você começar a se sentir esquisita ou se parecer que o livro fala com você.

Diana concordou solenemente.

— Se isso acontecer, vamos achar outra coisa para fazer com ele — disse Cassie. — Não quero que você passe pelo que eu passei.

— Nem eu — concordou Diana, tentando dar um ar mais leve à situação. — Acredite em mim. Já tive minha própria parcela de transgressões ultimamente.

— E, faça o que fizer — aconselhou Cassie —, não deixe que Faye saiba que o livro está com você. Aliás, ninguém pode saber. Nem Adam.

Diana hesitou, mas concordou.

— Será um segredo só nosso.

24

Adam e Cassie dirigiram num silêncio nervoso pela ponte até a Casa da Missão.

Bater papo parecia banal demais, e não havia mais nada a ser dito sobre os benefícios e desvantagens de levar Scarlett de volta a New Salem. Era melhor admirar a paisagem, quietos.

Cassie observou os bordos brilhando vermelhos sob o sol ao largo da estrada. Eram altos, graciosos, árvores quase nobres — uma enorme mudança na paisagem dos embarcadouros e praias rochosas na ilha. A Casa da Missão agora não estava longe. À medida que se aproximavam, Cassie se agarrava a uma esperança não verbalizada: de que Scarlett não estivesse na casa quando eles chegassem. O Círculo só podia iniciá-la quando a encontrasse. Prolongar o inevitável não era uma solução, Cassie sabia disso, mas um pouco mais de tempo talvez a ajudasse a se acostumar com a ideia. Só porque Cassie tinha convencido o Círculo a se arriscar com Scarlett, não queria dizer que ela tenha conseguido convencer a si mesma de que era o melhor a fazer.

Mas a esperança secreta de Cassie murchou no momento em que eles viram a Casa da Missão. Scarlett estava bem na frente, guardando coisas em um carro, e parecia prestes a pegar a estrada. Uma hora a mais e ela teria ido embora.

— Estamos com sorte — disse Adam, e Cassie assentiu.

Scarlett pôs as mãos nos quadris e torceu a boca em um sorriso quando viu os dois. O olhar que ela lançou à Cassie era dissimulado e irônico.

— Ela não parece muito surpresa por nos ver — observou Cassie. — Nem muito intimidada.

Eles saíram sem jeito do carro de Adam. Cassie teve a nítida sensação de que cada gesto seu era examinado.

— Achei mesmo que veria vocês de novo — disse Scarlett.

— E por quê? — Perguntou Adam.

Scarlett riu de um jeito vivo e perturbador.

— Só um pressentimento. — Ela gesticulou para a casa. — Vamos entrar.

Cassie e Adam acompanharam Scarlett para a sala principal. Ela imaginou Scarlett se contorcendo de dor no chão em seu último encontro e quase podia ouvi-la implorando por misericórdia.

Adam olhou para a cadeira em que foi amarrado e decidiu se sentar no sofá. Cassie continuou de pé.

— Coisas estranhas vêm acontecendo com meus poderes — disse Scarlett. — Estão imprevisíveis. Num minuto estão aqui, no outro somem. — Ela se colocou à vontade na cadeira que Adam evitou. — Está acontecendo com vocês também?

— É porque Suzan morreu — contou Cassie. No momento em que essas palavras deixaram sua boca, a verdade por trás delas se tornou real para Cassie de um jeito completamente novo.

— Você se lembra de Suzan? — perguntou Adam.

Scarlett assentiu.

— A ruiva natural, é claro. Morreu como?

— Os caçadores a mataram — disse Cassie.

— Que droga. — A voz de Scarlett saiu sem muita emoção. — Mas o que a morte da sua amiga tem a ver com os meus poderes?

— Agora nosso Círculo está incompleto. — Adam foi para a beira do sofá. — E pelo vínculo do Círculo, você é a próxima na linha para o lugar de Suzan.

Por alguns segundos, Scarlett não mostrou reação nenhuma.

— Não entendo. Como pode ser eu?

— Sua mãe era tia de Suzan — explicou Cassie. — Mas ninguém sabia a respeito dela.

A confusão nos olhos de Scarlett aos poucos progrediu para a surpresa e depois para o prazer.

— Não acredito nisso. E pensar que desperdicei tanto tempo e energia tentando destruir você, Cassie.

Cassie ficou impassível.

— Eu mesma mal consigo acreditar, mas aqui estamos.

— E vocês estão dispostos a me iniciar? — perguntou Scarlett.

— Nossa amiga morreu — disse Adam. — E a maioria de nós certamente vai morrer se não fizermos alguma coisa. Vamos admitir você em nosso Círculo porque precisamos da sua ajuda para derrotar os caçadores. Esse é o único motivo.

❖ **183** ❖

— Desculpe, como disse? — Scarlett pôs a mão no ouvido. — Acho que não escutei bem. Você disse que *precisam* de mim? Que precisam da minha ajuda?

Adam se levantou do sofá.

— Sabe do que mais? Pode esquecer. Cassie, vamos embora.

Scarlett também se levantou e bloqueou o caminho de Adam para a porta.

— Relaxe um pouco. Só estou brincando com vocês. O fato é que precisam de mim. Mas também preciso de vocês. Todos temos algo a ganhar com isso.

Scarlett dirigiu as palavras seguintes a Adam.

— Desfaça o feitiço de restrição e pode fazer o que quiser comigo.

Cassie sentiu o sangue subir às bochechas e se colocou ao lado de Adam.

— Primeiro temos de estabelecer algumas regras fundamentais.

Scarlett jogou o cabelo para trás e riu.

— Vocês todos adoram regras, não é?

— Não confiamos em você. — As costas de Adam estavam rígidas, e sua voz dura. — E não gostamos de você. Quero que isso fique claro. Um gesto errado, e não hesitaremos em fazer pior do que banir você de New Salem. Pode apostar que estaremos te vigiando.

— Ah, sei que vão, amorzinho. — Scarlett fez beicinho com os lábios vermelho-escuros. — *Você*, em particular, não consegue tirar os olhos de mim.

Adam se retraiu, e Cassie ergueu a mão para silenciá-lo.

— Está tudo bem. Eu esperava por isso.

❖ **184** ❖

Por um instante, ela encarou Scarlett com uma expressão de nojo. Uma voz obscura, das profundezas de sua mente, sussurrou, *Mate-a*. Mas Cassie soube ignorá-la, e também compreendia que, por Adam, precisava aparentar confiança de que tomavam a atitude correta ao levar Scarlett de volta a New Salem.

— Vamos reverter o feitiço — falou para ele. — Foi o que viemos fazer aqui.

Cassie não mostrou hesitação ou dúvida ao colocar a mão na testa de Scarlett e começar a desativação do feitiço de restrição. Mas, bem no fundo, estava morta de medo do que estava a ponto de soltar no Círculo, e em seu namoro.

Assim que voltaram a New Salem, Cassie e Adam acompanharam Scarlett à mata escura. Cassie se endureceu contra a pulsação abafada nas entranhas, o impulso de prender Scarlett de novo e bani-la não só de New Salem, mas também de Adam, do Círculo e de sua vida. Mas o resto do grupo já estava reunido, preparando-se para a iniciação de Scarlett. Agora não havia mais volta.

Diana foi a primeira a entrar em seu campo de visão. Estava com seu manto branco e usava o diadema Chave na cabeça. Na mão, tinha uma adaga.

Scarlett olhou a lâmina da adaga e o luar brilhando nela.

— Vejo que não estamos perdendo tempo nenhum — disse ela. — A situação deve mesmo ser pavorosa.

— É — disse uma voz rouca atrás dela.

Faye estava com seu manto preto cerimonial e a liga de couro na perna. Estendeu o bracelete de prata para Cassie.

— Coloque isto — disse ela.

Cassie era a única líder trajada com roupas normais, mas cada uma delas usava uma das Chaves Mestras.

Diana se colocou diante de Scarlett. Seu cabelo louro e comprido estava solto abaixo do diadema e refletia a lua de modo a lançar um brilho etéreo no seu rosto.

— Se você se tornar membro do nosso Círculo — anunciou ela —, terá de agir como tal. Esta iniciação se baseia em uma série de promessas.

— Quer dizer regras — resmungou Scarlett, friamente.

— Sim, regras — respondeu Diana. — Para você e para nós seguirmos

— Nem se dê ao trabalho de tentar falar como se ela fosse um ser humano — disse Faye. — Ela jamais será um de nós. Vamos acabar logo com isso. Todos entrem no círculo.

Scarlett sorriu com sinceridade, e Cassie a levou a seu lugar, em um espaço fora do círculo que foi traçado no chão.

Diana se colocou no meio e começou formalmente a cerimônia. Ergueu a adaga de prata ao céu — a mesma adaga usada na iniciação de Cassie — e perguntou:

— Quem a desafia?

— Eu. — Cassie e Faye falaram ao mesmo tempo.

Os olhos de todos pularam de uma para outra.

— Faye, eu fico com essa — sussurrou Cassie, depois, muito mais alto, repetiu: — Eu faço. Eu desafio Scarlett.

Cassie foi para o meio do círculo e pegou a adaga de prata. Postou-se perante Scarlett com a lâmina na mão estendida. Levou a adaga ao pescoço de Scarlett.

— Se há algum medo em seu coração — disse Cassie —, será melhor para você se jogar nesta adaga a continuar.

❖ 186 ❖

Cassie pressionou um pouco mais a lâmina, de modo que ela apertou de leve a cavidade no pescoço de Scarlett.

— Há medo em seu coração?

Scarlett sorriu.

— Nenhum.

Cassie a olhou duramente, bem no fundo de seus olhos escuros, idênticos ao do pai das duas. Ocorreu à Cassie que a vida de Scarlett estava inteiramente em suas mãos. Ela podia abri-la bem ali, como um cordeiro no matadouro.

— Cassie. — Faye soava fraca e distante.

Cassie ainda olhava feio para Scarlett, impondo uma pressão um pouco maior na lâmina, o suficiente para beliscar a superfície fina da pele de Scarlett.

— Cassie! — gritou Diana. — Scarlett deu sua resposta. Agora, afaste-se.

Cassie engoliu em seco e percebeu que Faye estava ao seu lado, levando-a de volta ao lugar no perímetro do círculo. Ela retirou a adaga da mão de Cassie e entregou à Diana. De repente Cassie se sentiu fraca.

— Scarlett, por favor, entre no círculo — instruiu Diana.

Scarlett obedeceu, e Diana riscou o chão com a adaga para fechar o círculo atrás dela.

— Agora venha para o meio. — Diana ergueu os braços sobre Scarlett e lhe fez as perguntas da iniciação. — Jura ser leal ao Círculo? Jamais prejudicar alguém que pertença a ele? Você protegerá e defenderá seus membros, mesmo que isso custe a sua vida?

Scarlett sorriu antes de responder.

— Sim.

❖ 187 ❖

— Jura jamais revelar os segredos que aprenderá, exceto à pessoa certa, dentro de um Círculo corretamente preparado, como o que usamos agora? Jura guardar esses segredos de todos os estranhos, amigos e inimigos, mesmo que custe sua própria vida?

Havia um triunfo perturbador nos olhos de Scarlett.

— Sim — prometeu ela.

— Pelo mar, pela lua, por seu próprio sangue, você jura?

— Eu juro.

Diana olhou cada integrante do grupo.

— Scarlett jurou. E agora apelo aos poderes que olhem para ela.

Assim como fez na iniciação de Cassie, Diana ergueu a adaga sobre a cabeça, com a lâmina virada para o céu. Apontou para o leste, sul, oeste e norte. Por fim, apontou a lâmina para Scarlett e disse:

Terra e água, fogo e ar,
Vejam sua filha que aqui está.
Pelas sombras da lua e a luz solar,
Pela minha vontade, vai se realizar.

Por desafio, teste, sagrado juramento,
Que do Círculo agora ela seja elemento.
Carne e tendões, sangue e ossos,
Scarlett agora é um dos nossos.

E foi assim. Com essa simplicidade, Scarlett era um deles. Os poderes a receberam, e o grupo a acolheu, mas não foi em nada parecido com o momento em que Cassie se tornou membro do Círculo. Não houve abraços, nem uma sensação verdadeira de acolhimento.

Diana e os outros membros do Círculo fizeram o necessário, da melhor maneira que sabiam, mas não tinham o que comemorar.

— Acabamos aqui? — perguntou Scarlett com desdém.

— Sim. — Diana colocou a adaga na bainha. — Acabamos.

Laurel apagou todas as velas e as recolheu, uma por uma. Cassie estava pronta para sair daquela falsa iniciação o mais rápido possível, mas Faye a puxou de lado.

— Podemos conversar sobre que aconteceu lá? — perguntou Faye.

— Lá onde? Não sei do que você está falando.

— Acho que você sabe. — Faye se curvou para o ouvido de Cassie e baixou a voz a um sussurro. — Talvez os outros não estejam dispostos a cooperar e fingir que não viram você quase fazer carne moída da sua meia-irmã, mas não eu.

— Quer dizer com a adaga? — perguntou Cassie. — Eu só a estava testando. Queria assustá-la.

— Cassie, eu vi. Vi seus olhos. Todos nós sabemos o que vem acontecendo com você, mas todo mundo tem medo demais de falar nisso.

— E você espera que eu acredite que você quer conversar sobre isso por que, Faye? Porque está muito preocupada com meu bem-estar? Ou a segurança de Scarlett?

— Credo, não. Acho que você devia tê-la esfaqueado. Teria facilitado as coisas para todos nós.

Cassie olhou para Faye, perplexa, depois Faye abriu um sorriso.

— Tudo bem, talvez isso teria sido ir um pouco longe demais.

Cassie se permitiu rir pela primeira vez em algum tempo, e Faye a olhou com uma expressão estranha... algo como compreensão.

— Mas eu falo sério, acho que é um erro continuar tentando lidar com toda essa magia negra sozinha — aconselhou Faye. — É evidente que não está dando certo.

Cassie examinou o rosto de Faye em busca do que ela estaria escondendo. Que estratégia tinha? Depois de um momento, ela falou:

— Você quer que lhe mostre o livro.

— É claro que quero que você me mostre o livro.

Cassie balançou a cabeça.

— Valeu a tentativa. — Ela riu de novo.

De súbito houve um farfalhar na mata. Faye se virou rapidamente, procurando a origem do barulho. Todos fizeram o mesmo.

— Temos um problema. — Adam estava focado em uma das árvores ao longe.

25

De trás de um grupo de árvores volumosas saíram Max, o pai e os dois caçadores que escaparam do terraço: Jedediah e Louvera Felton. Cada um deles segurava uma pedra entalhada no formato do símbolo do caçador, as relíquias que usaram para matar Suzan. Scarlett correu assim que viu os caçadores, desaparecendo na mata. Por que Cassie não ficou surpresa? Com toda sua falastrice, é claro que no fundo Scarlett era só uma covarde.

Um rápido olhar foi trocado entre Diana e Max. Ele franziu o cenho para ela com vergonha e tristeza nos olhos, como se estivesse ali contra a própria vontade.

— Agora! — gritou o Sr. Boylan, levantando seu símbolo.

Adam lançou as mãos para o diretor, invocando um feitiço de defesa. Nick tentou atirar sua energia para ele com uma explosão de fogo. Mas parecia que o Sr. Boylan e os caçadores resistiam à magia deles. Agarravam-se a suas relíquias e entoavam sua própria maldição, invulnerável a qualquer magia lançada contra eles.

❖ 191 ❖

— Temos que tirar essas pedras das mãos deles — urgiu Melanie.

Juntos, Chris e Doug se atiraram para a relíquia de Louvera, mas no momento em que chegaram perto de um ataque, caíram no chão, segurando a cabeça.

Melanie mergulhou para a relíquia de Jedediah, mas também caiu rapidamente, segurando a cabeça como se a relíquia a tivesse golpeado.

Cassie, Diana e Faye ainda estavam com as Chaves Mestras. Deram-se as mãos e avançaram para os caçadores, entoando, "Terra meu corpo, água meu sangue, ar minha respiração e fogo meu espírito".

O Sr. Boylan não demonstrou medo das Chaves. Deu um passo à frente, estendendo o símbolo para elas, murmurando as mesmas palavras que Cassie se lembrava de ouvir no terraço:

I sum eius agens,
I occidere in eius nomen...
I sum eius agens,
I occidere in eius nomen...

Cassie sentia que as Chaves não estavam funcionando. Ela se sentia fraca até os ossos e sem poder, e o bracelete continuava frio e sem vida em sua pele.

O Sr. Boylan ficava mais forte a cada segundo que continuava seu cântico. Levava a melhor sobre eles. Laurel, Deborah e Sean tinham caído no chão. Cassie não conseguia ver mais ninguém, sua cabeça começou a latejar, a visão ficou borrada e ela sabia que logo também perderia todas as forças que lhe restavam.

— Cassie — disse Diana. — Eu estou... — Ela caiu de joelhos.

Max se virou para Diana e gritou. Correu ao local, colocando-se entre ela e o pai. O Sr. Boylan tentou afugentá-lo, mas Max não cedeu. Colocou sua relíquia de pedra no chão e ergueu os braços.

— Temos de parar com isso — disse ele. — Pare a maldição.

Lágrimas de alegria e alívio encheram os olhos de Diana. Max interveio por ela.

Adam apareceu ao lado de Cassie, sem fôlego e confuso.

— O que ele está fazendo?

Os caçadores ficaram desconcertados com a reviravolta de Max. Por um breve momento, cessaram o cântico, procurando orientação no Sr. Boylan, mas agora voltavam com toda força.

O pai de Max pegou no chão a relíquia do filho e a estendeu para ele.

— Pegue isto — ordenou ele. Mas Max se recusou a pegar. Ergueu-se, com Diana atrás de si.

— Não cometa um erro terrível — disse o pai. — Obedeça a seu destino.

Max olhou para Diana e então voltou os olhos para o pai.

— Estou obedecendo a meu destino — afirmou ele.

Assombrado, o Círculo observava Max. Houve alguns segundos de silêncio, tempo suficiente para Cassie ouvir Diana puxar o ar rapidamente, numa respiração superficial, e cambalear. Depois, com um golpe rápido na cabeça, o Sr. Boylan deixou Max inconsciente.

Diana correu para ajudar Max, mas Jedediah a atacou com algumas palavras sinistras. Ela caiu no chão, ao lado do corpo desmaiado de Max.

Laurel se arrastou até Cassie, apavorada.

— Faça alguma coisa — gritou ela. — O que você fez no terraço, faça de novo.

Faye se curvou para o lado de Cassie, sem fôlego.

— Você precisa fazer — pediu ela. — Você é nossa única esperança.

Mas, antes que Cassie pudesse dizer uma palavra, Adam estremeceu como se fosse baleado. Depois caiu de cara no chão. Faye também vergou e desabou, com a cabeça entre as mãos.

Cassie olhou em volta. Era o único membro do Círculo que ainda estava de pé. Ela olhou nos olhos do Sr. Boylan e ardeu com um calor febril. Com ou sem livro, Cassie tinha o poder e sabia disso. Só precisava deixar que ele a dominasse.

Cassie centrou a mente e respirou fundo. Disse a si mesma que era só daquela vez e não tinha problema em se entregar, em deixar que as trevas a tomassem e corressem por suas veias. Porém, de repente suas pernas lhe fugiram. A cabeça parecia ter sido aberta, e uma dor penetrante deu a certeza de que ela tinha agido tarde demais. Toda sua energia era sugada do corpo. Era a sensação da morte, Cassie sabia.

Através de sua visão nublada, ela via que Max tinha despertado e tentava se levantar, mas os outros dois caçadores o continham. Eles o seguraram enquanto continuavam com a maldição, ainda segurando as relíquias.

Todo o Círculo foi dominado. Cada um deles jazia pelo chão lamacento, como insetos deixados para morrer. O cântico dos caçadores ficou mais alto. O Sr. Boylan tinha fechado os olhos e erguido os braços, em êxtase e triunfo. Cassie nem acreditava que depois de uma briga tão longa e difícil podia haver um fim tão lamentável para seu Círculo.

Mas então os olhos do Sr. Boylan se abriram de novo e ele recuou.

— De novo, não — disse ele. — Não é possível.

Os outros caçadores varreram com o olhar as cercanias ansiosamente. Pararam de murmurar sua maldição e viraram a cabeça para a mata, atentos.

Cassie ouviu bem fraco o que eles escutavam. Outra língua, estrangeira e ao mesmo tempo conhecida. Era Scarlett. Estava longe, andando na direção deles, entoando uma magia negra.

Jedediah agarrou o peito como fez no terraço. Sua cara se avermelhou enquanto ele ofegava, e ele gritou para que todos se retirassem. Ele e Louvera se afastaram de Max e correram na direção contrária.

Max estava tonto. Estreitava os olhos, procurando no chão por Diana, erguendo-se trôpego como um cervo recém-nascido tentando se colocar sobre os cascos. Depois, gritou de dor, agarrando o coração.

Chris, Doug e Sean se levantaram e sentaram. Deborah, Laurel e Melanie fizeram o mesmo. O Círculo recuperava suas forças, enquanto Max perdia as dele. Diana gritou para Scarlett.

— Você o está matando! — Mas Scarlett era irreprimível.

O Sr. Boylan correu até Max e o ajudou a se levantar.

— É uma antiga — disse ele. — Temos que fugir. — Ele firmou o braço de Max em seu pescoço.

Max, contorcendo-se de agonia, deixou que o pai o arrastasse dali, e minutos depois eles sumiram, tragados pela mata escura. A tragédia foi evitada.

— Acho que nós mostramos a eles — disse Scarlett, pavoneando-se para o meio do grupo quebrado e perplexo. — Ou pelo menos eu mostrei. — Seus olhos ainda estavam escuros do feitiço proibido.

Cassie reconheceu os resíduos do poder e do prazer intensos na cara de Scarlett. Isso lhe deu inveja, até ressentimento. Como Scarlett conseguia usar sua magia negra sem perder todo o controle? Ela parecia capaz de ativá-la e desativar quando bem quisesse.

— Não se preocupem — disse Scarlett. — Não espero gratidão. Pelo menos, ainda não. — Ela foi para o carro. — É melhor sairmos daqui, caso eles tenham mais alguma surpresa para nós. Precisamos de tempo para nos reagrupar e restaurar nossa energia.

Todos, meio tontos, foram atrás, obedientes, como se ela tivesse acabado de se provar uma líder mais digna do Círculo.

Cassie, Adam e Diana ficaram para trás.

— Detesto admitir isso — disse Diana. — Mas, se não a tivéssemos iniciado, agora estaríamos mortos.

— Mas foi magia negra que ela usou contra eles. — Adam olhou por um momento para Cassie. — Não foi?

Cassie assentiu.

— Bom, não importa o que foi — disse Diana —, ela fez isso por nós. Teve a oportunidade de fugir na mata e nos deixar morrer, mas não fez isso.

Adam concordava.

— Ainda não podemos confiar nela, mas talvez ela afinal de contas nos possa ser útil.

— Talvez — disse Cassie. Mas ela sabia melhor do que ninguém que uma boa ação não muda a essência de uma pessoa.

26

— Não pode mais esconder isso da gente, Diana — disse Melanie. — Ficou muito claro quando ele arriscou a própria vida para te proteger.

O grupo estava reunido em torno da mesa de centro na sala secreta, tentando entender o que deu errado na mata, quando a conversa se voltou para Diana e Max. Mas os amantes proibidos não impediam que alguns integrantes do Círculo olhassem nervosos para Scarlett, agora tensos que ela estivesse presente nessas conversas particulares.

— Ele se provou lá — defendeu Laurel com uma leveza romântica. — Na hora da verdade, ele escolheu o amor.

— Será que vocês duas enlouqueceram completamente? — Faye esteve fervilhando em silêncio no sofá enquanto Melanie e Laurel ficavam poéticas com a reviravolta de Max, mas agora compensava, elevando a voz bem acima deles. — Max é o inimigo. Lembram? Foi o que vocês todos me disseram. Mas agora que Diana está apaixonada por ele, de repente ele é Jesus voltando à terra?

— Pare de reclamar — gritou Melanie do outro lado da mesa de centro. — Você só está com ciúme. Não viu o que ele fez por ela na mata?

— Ele fez isso por todos nós — falou Diana. — Faye, sei que você já gostou dele. Mas precisa entender, nós realmente nos amamos. Não pode, em seu coração, ficar feliz por nós?

Faye empinou o nariz.

— Você vai me fazer vomitar — disse ela, e se retirou para sua cama de campanha.

— Max é perigoso — alertou Chris. — Vocês, garotas, precisam tirar o coração e as estrelas dos olhos.

— É isso mesmo — disse Doug. — O amor não tem nada a ver com isso. É uma guerra.

Cassie notou Adam olhando fixamente o piso de madeira. Depois ele olhou para Scarlett; Cassie pegou um breve momento passando entre o olhar dos dois, ela não sabia o que era, mas sabia que, independentemente do que pensasse das intenções de Max, Adam acreditava que Scarlett havia se provado na floresta. Era óbvio, pelo jeito humilde com que ele a olhava. E ela correspondeu ao seu olhar com um sorriso irônico.

O ciúme de Cassie se inflamou, e uma imagem faiscou em sua mente. Daquela vez ela viu Scarlett e Adam na cama, juntos — na cama de Cassie —, e eles se beijavam como amantes ávidos. A cena era tão nítida que Cassie parecia ter rompido pela porta e flagrado os dois na vida real. Sua raiva penetrou a visão, e ela forçou Scarlett para longe de Adam e depois mergulhou a garota em labaredas. Ela se aproximou para olhar a cara de Scarlett escurecer e derreter nefastamente nas chamas, e aquela visão lhe deu uma satisfação agitada no estômago. Ela queria ver Scarlett perecer até que dela não restasse nada senão cinzas.

Isso não é real. Cassie teve de se sacudir, repetindo essas palavras consigo mesma até que a imagem desaparecesse.

Deborah se levantou e se colocou no meio da sala.

— Acho que falo por todos, ou pelo menos pela maioria, Diana, quando digo que quero que você seja feliz. Mas, tirando isso, estamos numa situação ruim. Todos nós estamos marcados. É nisso que precisamos nos concentrar. — Ela parou, e Nick continuou a partir daí.

— E, sem querer ofender, mas se tivermos a mais leve sugestão de que Max trabalha contra nós, vamos acabar com ele. Seja seu namorado ou não.

— E como pretende fazer isso, valentão? — indagou Scarlett, enfim se intrometendo. — Que fique claro que a única coisa que funciona contra os caçadores é a magia negra.

Ela esteve sentada em um divã, afastada, sozinha. O único membro do Círculo disposto a ficar a certa proximidade dela era Sean, que só estava ali porque ela era bonita. Mas agora todos os olhos se voltaram para Scarlett ela se fixou em Cassie.

— Não tenho razão?

Cassie assentiu solenemente.

— Sim, tem razão. Foi com a magia negra que forcei os caçadores a se retirarem do terraço da escola e foi o que Scarlett usou na mata.

— Mas nenhuma das duas conseguiu eliminar o poder das relíquias dos caçadores — argumentou Deborah. — Precisamos de um feitiço que faça isso. Para acabar com a ameaça dos caçadores para sempre. Caso contrário, eles vão continuar nos perseguindo até que todos nós estejamos mortos e enterrados.

Diana estremeceu com a frieza de Deborah, mas o resto do grupo concordou.

— Cassie — disse Adam. — Talvez agora seja uma boa hora para pegar o livro do seu pai. Talvez Scarlett possa nos ajudar com o feitiço em que estamos trabalhando.

O estômago de Cassie despencou em queda livre.

Scarlett falou numa voz rouca e irônica.

— É uma ótima ideia, Adam. Por que não faz isso, Cassie?

Cassie olhou em desespero para Diana, que continuou de lábios cerrados e imóvel. Depois se voltou para Adam.

— Não posso — disse ela. — Não está comigo.

Scarlett se levantou.

— Como assim, não está com você?

— Cassie me pediu para guardar para ela. — Diana deslizou, protetora, para o lado de Cassie. — Está escondido em um lugar que ninguém vai encontrar.

Faye disparou de onde havia se jogado no colchão.

— Tá de sacanagem comigo, Cassie? Você deu o livro para Diana e não para mim?

— *Todos nós* temos o direito de vê-lo. — Melanie interrompeu Faye. — E não só algumas páginas de cada vez, que Cassie copia, mas o livro todo. Diana, você precisa trazê-lo para cá.

— Concordo — disse Laurel à Cassie. — Estamos todos juntos nessa e devemos saber que recursos temos.

— Nenhum de vocês entende. Ele está me controlando! — gritou Cassie.

Todos se calaram. Todos evitaram os olhos uns dos outros, exceto Faye, que olhava Cassie atentamente, e Scarlett, que parecia gostar do espetáculo.

— Nenhum de vocês consegue entender — repetiu Cassie. — Não são só as queimaduras. Eu ando estranha desde que peguei o livro. E, se eu começar a usar a sua magia, não sei o que serei capaz de fazer ao resto do Círculo. Ou o que o uso do livro pode fazer com todos vocês.

Por alguns segundos ninguém disse nada, depois Diana fez um esforço para romper o silêncio.

— Trarei o livro para cá quando Cassie se sentir preparada para isso. Nem um segundo antes. — Ela lançou um olhar furioso para Scarlett. — Mas fique à vontade para resmungar e reclamar o quanto quiser.

Houve uma lufada repentina na entrada da sala que assustou a todos ao mesmo tempo. Era o som da porta secreta se abrindo.

A mãe de Cassie avançou um passo e de imediato fez contato visual com o novo rosto na sala, mas sua expressão não era de falta de familiaridade, era de um reconhecimento cauteloso.

— Me desculpe, eu não queria interromper — disse ela, hesitante.

— Está tudo bem, mãe — disse Cassie. — Essa é Scarlett Forsythe, membro mais recente do Círculo.

Os olhos da mãe faiscaram. Cassie sabia que ela quase ofegou, mas conseguiu se conter.

— Sério? — perguntou ela num tom indiferente e com um sorriso forçado.

Scarlett sorriu para ela.

— Você conheceu a minha mãe.

A mãe de Cassie inclinou um pouco a cabeça e lhe surgiu uma estranha expressão, como se ela tentasse decidir se isto era um pesadelo.

— Sim. Há muito tempo. A semelhança é impressionante.

— Foi o que me disseram. — Scarlett falou em voz alta, num tom agressivo, como se tivesse raiva da mãe de Cassie simplesmente por estar viva quando a própria mãe não estava.

Cassie se posicionou entre as duas, sentindo-se protetora em relação à mãe.

— Está tudo bem aqui — disse ela. — Scarlett agora é uma de nós e só estamos terminando um assunto. Você pode ir dormir.

Os olhos da mãe ainda estavam fixos em Scarlett, como se não suportassem se desviar dela.

Cassie guiou a mãe pela porta e pelo porão, de volta à escada.

— O que ela está fazendo aqui? — indagou a mãe.

— Não tivemos alternativa, senão iniciá-la depois da morte de Suzan. Aconteceu tudo rápido demais. Precisamos dela, e ela precisa de nós... Pelo menos por enquanto.

— Tenha cuidado — sussurrou a mãe, abraçando-a com força. — Não pode confiar nela.

— Nem me diga. — Foi só o que Cassie conseguiu responder.

O Círculo decidiu passar a noite na casa de Cassie por segurança, "para um cuidar do outro", segundo disseram, mas Cassie sabia que eles pretendiam vigiar Scarlett. A garota podia ter conquistado seu lugar no Círculo quando obrigou os caçadores a baterem em retirada na floresta, mas daí a ganhar a confiança do Círculo, seria uma distância muito grande. Essa noite todos dormiriam com um olho aberto.

Adam tinha escapulido para o quarto de Cassie para dar boa-noite e estava demorando para sair, sem pressa de se separar dela. Passava suavemente os dedos pela face interna do braço de Cassie, como a namorada adorava. Cassie também não queria que ele a deixasse. Queria que ele a abraçasse até ela dormir.

Adam se curvou e lhe deu um beijo no pescoço, com ternura e calma. Ele estava sendo gentil com Cassie, mas ela ouvia sua respiração pesada. Entendia o quanto ele sentia falta de tê-la assim. Mas uma batida na porta perturbou os dois.

— É Scarlett — disse a voz do outro lado da porta. — Podemos conversar?

Adam abraçou Cassie com mais força e balançou a cabeça, mas Cassie disse que estava tudo bem. Com relutância, ele se levantou e abriu a porta para Scarlett.

— Eu queria falar com Cassie em particular — disse Scarlett, dispensando Adam com um giro do pulso.

— Agora? — A voz de Adam carregava certa frustração.

Scarlett passou por ele e se sentou na cama de Cassie.

— Sim, agora.

Só depois de Cassie assentir, Adam concordou.

— Estarei bem ali, no sofá — disse ele. — Se precisar de alguma coisa.

Scarlett sorriu para o excesso de proteção de Adam e esperou ele fechar a porta para se virar para Cassie e falar.

— Achei que podíamos trocar segredos.

Cassie pensou em sua primeira festinha de pijama, como ficou animada por ter uma irmã a quem contar as coisas. Que ingenuidade a dela na época. Não se deixaria enganar de novo.

— Tudo bem — disse ela num tom gelado. — Você primeiro.

— Sabia que ia dizer isso. — Scarlett a cutucou no braço. — Tenho um segredo sobre a... magia negra.

De repente Cassie ficou cautelosa, mas se lembrou de que bastava dar um grito para ter ajuda de todo o Círculo.

— Pode falar. — Ela se preparou para o pior.

— Eu sei ler o livro de Black John — disse Scarlett. — Minha mãe me ensinou antes de morrer.

A cara de Scarlett era franca e séria, e Cassie entendeu que não era um truque. Ela falava a verdade.

— Está no nosso sangue — continuou ela. — A língua. Você vai ter que se esforçar para destravá-la, mas também sabe ler o livro, Cassie.

Cassie trouxe à mente as poucas palavras do livro que conseguiu compreender, e tudo começou a fazer sentido. Por instinto, ela já sabia de tudo.

— Entendo que você esteja com medo de ser dominada pela magia negra — disse Scarlett. — Mas fomos feitas para ter controle sobre ela. Com o tempo, você conseguirá.

— Por que está me contando tudo isso? — perguntou Cassie.

Scarlett riu.

— Você adora ficar de guarda alta, não é? Estou de contando tudo isso porque agora estamos do mesmo lado. E quero derrotar os caçadores tanto quanto você. Eles também mataram pessoas que eu amo.

Cassie recordou a explicação de Scarlett sobre como veio parar em New Salem à procura dos caçadores que mataram sua mãe; mas Cassie duvidava que fosse só por isso. Depois se lembrou do seu devaneio um pouco mais cedo e que ela conseguiu se livrar das ideias malignas. Talvez Scarlett tivesse razão quando dizia que era possível controlar as trevas.

— Você confia em mim? — perguntou Scarlett.

Confiar em Scarlett nunca era fácil. Porém, por enquanto, Cassie não tinha lá muitas alternativas.

— Não, não confio. Mas acredito em você.

— Bom, acho que é um começo. — Scarlett se levantou e foi até a porta. — Descanse um pouco. Temos um grande dia pela frente.

Ela envolveu a maçaneta com a mão e a soltou.

— Mais uma coisa. — Scarlett girou nos calcanhares. — Acho maravilhoso que você e Adam estejam se esforçando tanto para ficar juntos, passando por tudo isso. Estou muito impressionada com você, por aceitar isso. — Ela parou para estender o momento, saboreando-o. — Sobre o cordão entre mim e ele, quero dizer. Você deve ter tido algumas aulas com sua amiga Diana.

Cassie sentiu algo apertar e depois balançar dentro de si. Um gosto cáustico, de ácido de bateria, encheu a boca, maculando sua voz de veneno.

— Fique longe de Adam.

— Eu só fiz um elogio, Cassie. Não estrague tudo com seu mau gênio. — Scarlett ergueu as sobrancelhas e franziu os lábios carnudos. E com isso, saiu.

27

— O que Scarlett te disse ontem à noite? — perguntou Adam. Ele e Cassie estavam dando uma caminhada de manhã cedo na escarpa, antes que os outros acordassem.

— Muita coisa... — Cassie olhou o horizonte enquanto falava, imaginando-se perdida em algum lugar naquela linha entre o mar e o céu. Não tinha coragem de contar a Adam que Scarlett sabia do cordão entre os dois.

— Ela me fez pensar sobre meu poder — disse Cassie. — Não quero mais viver com medo. Com medo de mim mesma e do que sou capaz de fazer.

— Não precisa ser assim. — Adam tentava lhe dar apoio, embora os poderes sombrios de Cassie estivessem bem além de sua compreensão. Ele temia por ela, e Cassie sabia disso. Nos olhos de Adam, ela via o quanto ele desejava poder carregar esse fardo.

— E o que Scarlett sugeriu a você? — perguntou ele.

— Ela disse que, se eu abraçar minha magia negra, posso aprender a controlá-la. O que obviamente tem sido meu problema ultimamente. O controle.

❖ 209 ❖

Adam contornou Cassie para ficar de frente para ela, bloqueando sua vista da escarpa.

— Acha que pode aprender isso?

— Não sei o que pensar. Nem mesmo sei se posso confiar em meus próprios pensamentos.

Adam abraçou Cassie e a puxou para si. Ela sentia o cheiro de água salgada vagando no ar e da pele do namorado.

— Bom, vou te dizer o que penso. Acho que só vamos saber tentando. E eu estarei ao seu lado a cada passo do caminho, aconteça o que acontecer.

— Mas e se der tudo errado? E se isso me transformar, mais do que já transformou?

— Nenhum de nós sabe o que o futuro nos reserva ou quem iremos nos tornar, Cassie. Mas sei que podemos ser fiéis a quem somos agora. E isso se aplica a meu amor por você e a seu amor por mim, e a você conseguir se conectar com a luz dentro de você. Nada disso vai embora.

Adam deu um beijo no alto da cabeça de Cassie e a soltou.

— Mas você também precisa confiar em si mesma. Precisa ter fé em sua própria bondade fundamental.

Cassie concordou com a cabeça.

— Acho que estou preparada.

Sem dizer mais nada, Adam avançou e a beijou. Ela quase riu; era a última coisa que esperava dele naquele momento. Ela estava prestes a perguntar sobre o breve olhar que ele tinha trocado com Scarlett na noite anterior, aquele que provocou nela uma fúria íntima de ciúme.

Porém, enquanto se inclinava e correspondia ao beijo, ela se esqueceu de tudo isso. Sentia o sol nas costas e ouvia o mar de longe. Às vezes, Adam sabia o que fazer para que tudo ficasse bem.

Todos estavam grogues de sono e seguravam xícaras de café quando Cassie anunciou uma reunião do Círculo na sala secreta. Faye se sentou ainda envolta na colcha, e até Diana parecia precisar de outra hora de descanso, mas a notícia de Cassie certamente despertaria a todos.

— Andei pensando desde ontem — disse ela, enquanto eles se reuniam. — E decidi que Diana deve trazer o livro do meu pai para que Scarlett dê uma olhada.

Scarlett olhou nos olhos de Cassie, e alguma coisa foi trocada entre elas, certa compreensão. Cassie, porém, rapidamente desviou o olhar, rompendo aquele momento. Não queria dar a impressão de ter muito em comum com a irmã.

— Sei que o feitiço que meu pai usou vai funcionar para derrotar os caçadores. — Cassie agora tinha a atenção total de todos. — E Scarlett pode traduzir para nós. Ela conhece a língua do livro.

Toda a atenção se voltou para Scarlett. Faye jogou longe seu cobertor, como uma capa.

Diana ficou boquiaberta.

— Scarlett pode traduzir para nós? — repetiu ela. Seus olhos verdes faiscaram para Cassie. — É uma responsabilidade imensa para Scarlett assumir sozinha.

Faye sorriu com malícia.

— O que Diana quer dizer é: como vamos saber se podemos confiar nela? Já que nenhum de nós sabe a diferença. Ela pode nos mandar fazer o que quiser.

— Porque eu confio nela — declarou Cassie.

❖ 211 ❖

— Só isso? — Faye esperava mais.

O coração de Cassie martelava no peito, mas ela manteve a força e a compostura.

— E porque está na hora de acabar com isso de uma vez por todas. Scarlett não tem motivos para nos enganar. Ela quer se livrar dos caçadores tanto quanto nós.

— Apoiado, apoiado — disse Nick de seu saco de dormir. — E quando e onde vamos atrás deles?

— Posso ajudar nisso. — Diana se livrou da surpresa do início e falou. — Max sabe onde os caçadores se reúnem. Aposto que podemos nos infiltrar em uma de suas reuniões.

— Podemos emboscá-los — disse Nick. — Quando eles menos esperariam.

— Mas, em troca — Diana submeteu à Cassie —, peço que o Círculo poupe Max da maldição que fizer.

— De jeito nenhum — gritou Faye. — Não há motivo para acreditar que o amor de cachorrinho de Max por Diana é mais verdadeiro do que os sentimentos que ele teve por mim.

— Faye, nós já falamos sobre isso — disse Melanie. — Você precisa deixar isso pra lá.

— Não vou deixar pra lá — insistiu Faye. — Porque foi a mesma coisa...

— Não foi a mesma coisa. — As bochechas de Diana estavam vermelhas, e seus olhos, afiados. — Nem mesmo chegou perto. Eu tenho tentado ser gentil a respeito disso, Faye, mas você está tornando tudo impossível. Precisa que eu desenhe para você? *Você* usou a magia para confundir a cabeça de Max. Eu encontrei minha alma gêmea. Dá para entender a diferença?

❖ **212** ❖

Faye desafiou Diana encarando-a.

— Como uma líder do Círculo, levanto a questão da incapacidade de Diana de ser imparcial com relação a confiar em Max.

— Ah, cala a boca, Faye — disse Melanie.

— Melanie! — gritou Cassie. — Você está passando dos limites. Faye tem a palavra, e ela levantou uma questão legítima para o Círculo.

Diana se virou para Cassie.

— Fala sério? Vai deixar que ela continue com isso?

— Ela tem o direito de verbalizar suas preocupações — disse Cassie num tom de quem se desculpa.

— Obrigada, Cassie. — Faye se levantou para dominar melhor o espaço. Olhou para Diana, Melanie e Laurel, amontoadas na cama de Laurel. Depois se virou para Chris, Doug e Deborah, em volta do saco de dormir de Nick, no chão. Por fim deitou os olhos em Scarlett, sentada mais para o lado, tendo apenas Sean por perto.

— Sei o que vocês todos viram na mata — disse Faye. — Eu estava lá. Sei que Max enfrentou o pai para proteger Diana. Mas também vi Max partir com o pai, como todos vocês viram. Não conosco. Com ele.

Faye fez uma pausa para olhar especificamente para Melanie antes de continuar.

— Ainda assim, agora vamos confiar que Max vai nos contar onde encontrar os caçadores, onde achar o pai dele, para que os ataquemos em seu próprio território. Será que eu vou precisar ser aquela a dizer? Será que sou a única que acha que isso parece uma armadilha?

Melanie ficou em silêncio. Todos ficaram. Até Cassie teve de admitir que o argumento de Faye era válido.

— Faye? — disse Diana. — Você tem razão. — Ela tomou a palavra. — Estou sendo parcial. Acredito que Max nos levará aos caçadores e de boa fé acredito que ele deva ser poupado de quaisquer efeitos negativos que venha a ter a maldição. Mas vocês são livres para decidir por si mesmos.

Diana se virou para Cassie.

— Proponho uma votação para declarar a decisão do Círculo e me abstenho de votar.

Depois de alguns segundos de um silêncio tenso, Cassie apelou para Melanie.

— Pode fazer as honras, por favor?

Melanie se levantou, pigarreou e falou em seu tom frio e cheio de autoridade.

— Levante a mão quem for a favor de poupar Max se ele nos levar aos caçadores.

Para surpresa de Cassie, um número suficiente de mãos de imediato se ergueu, decidindo a votação sem precisar da contagem. Mesmo em uma época como essa, eles ainda pareciam ter a tendência a se alinhar com Diana.

Melanie ficou radiante de satisfação.

— A maioria do Círculo acredita que Max merece confiança. E prometemos poupá-lo.

— Obrigada — disse Diana. Cassie não sabia se algum dia tinha visto Diana mais sincera, e isso era revelador.

Faye meneou a cabeça e zombou dela.

— Agora você pode chorar suas lágrimas de alegria. Mas, se Max nos trair, nenhum de vocês será poupado. Eu mesma cuidarei disso.

Cassie abriu a boca para falar, mas se viu olhando para Faye, cujos olhos refletiam um poder concentrado. Rapidamente, voltou sua atenção para Diana e falou.

— Sei que não vai chegar a esse ponto.

Mas Cassie não tinha certeza. Talvez fosse ingenuidade de Diana. Talvez sua também.

Scarlett cochichou alguma coisa no ouvido de Adam, e ele assentiu. Estava ficando cada vez mais difícil determinar quem ainda era digno de confiança.

28

Scarlett estava sentada à mesa de Cassie, examinando o Livro das Sombras de Black John enquanto Cassie e Adam trabalhavam em seus laptops — mas Cassie na realidade observava Scarlett. Via seus olhos percorrerem o texto do livro, linha por linha, de vez em quando tomando notas em um bloco. Em parte do tempo, Scarlett apenas folheava o livro, totalmente absorta e empolgada demais com o que lia para reduzir o ritmo a fim de copiar. Devia procurar especificamente a maldição do caçador de bruxas, mas Cassie sabia que ela se desviava da questão.

— Toc toc — disse Diana ao entrar. — Como está indo a pesquisa?

— Lenta. — Adam fechou o laptop.

— Bom, tenho uma notícia que pode animar vocês. — Diana se sentou na cama de Cassie. — Acabo de conversar com Max. Ele me disse que os caçadores de bruxos têm seu quartel-general nas cavernas da praia.

Mas a notícia de Diana foi eclipsada pelo grito animado de Scarlett.

— Achei! — Ela se levantou com tanta rapidez que a cadeira caiu no chão. — É esse. O feitiço que Black John usou contra os caçadores.

Cassie, Adam e Diana correram ao livro para ver com os próprios olhos, esquecendo-se de tudo que viera antes.

A página que Scarlett mantinha aberta era muito parecida com o restante do livro. Era composta de algumas frases curtas: rabiscos e pictogramas em tinta preta.

— Tem certeza de que é a maldição? — perguntou Cassie.

— Absoluta. — Scarlett correu os dedos pela página, vendo seu conteúdo mais uma vez. — E nem é tão complicada. Será fácil para o Círculo memorizar.

— Tem certeza? O menor erro e ninguém saberá o que podemos fazer com eles, nem conosco — disse Diana.

— Você verá — Scarlett falou para Diana num tom condescendente. — Será simples como cantar uma canção em uma língua que você não entende. Só o que precisa fazer é atingir o tom certo. O significado mais profundo não importa tanto.

— Como a maldição funciona? — perguntou Diana, o olhar fixo no texto ilegível do livro. — O que ela fará com os caçadores?

Scarlett sorriu.

— Não se preocupe. Vai acontecer com tal rapidez que eles nem vão sentir nada.

— Mas o que exatamente fará com eles? — insistiu Diana.

— Eliminará o poder de suas relíquias de pedra — disse Scarlett. — E romperá o vínculo entre os caçadores e suas marcas.

— Então, todos perderemos as marcas. — Cassie olhou o feitiço com Adam. Com base em seus instintos e sua pesquisa limitada, tudo que Scarlett dizia parecia correto.

— De qualquer modo, Diana — acrescentou Scarlett —, Max vai ser poupado. Desde que ele esteja longe de sua relíquia quando lançarmos isso, ele vai ficar bem. Por que está tão nervosa?

Cassie deixou passar esse comentário.

— Muito bem, então — disse ela. — Estamos quase prontos para agir.

Adam se virou para Diana.

— Aquelas cavernas onde os caçadores têm o quartel-general ficam perto da parte mais rochosa da costa. Precisaremos de barcos a remo para chegar lá.

Diana pegou o telefone.

— Max pode ajudar com isso. Se não tiver problema para você, Cassie, acho que ele devia ser incluído nessa discussão.

Cassie hesitou, mas não Adam.

— Você pretende convidá-lo? Para vir aqui?

Diana se pôs de frente para Adam.

— Max está dando as costas a centenas de anos de sua própria ancestralidade e provavelmente será deserdado pelo pai por nos ajudar. Então, sim, eu pretendo convidá-lo para que ele esclareça como tudo vai ocorrer.

Adam respirou como quem concorda, e Cassie disse à Diana para ir em frente. Uma hora depois, Max estava de pé junto a sua cama, com os braços musculosos cruzados, pairando sobre o livro do pai de Cassie.

Scarlett lhe mostrou o feitiço, e ele estreitou os olhos ao ver. Coçou a barba por fazer e olhou para Diana.

— Você garante a segurança deles?

— O feitiço vai desativar as relíquias — disse Scarlett. — Foi planejado para isso. Tirando isso, nenhum de nós tem condições de garantir nada. Afinal, é numa batalha que estamos entrando. A guerra não traz garantias para lado nenhum.

Max mordeu o lábio inferior grosso, refletindo.

— Bom, quero estar lá para garantir um jogo justo dos dois lados. — Ele deitou os olhos afiados em Scarlett, entendendo de algum modo que era ela a vanguarda daquela cruzada. — Pode me considerar o árbitro.

Scarlett sorriu.

— Então, acho que só resta a questão de quando poderemos ir.

Todos procuraram a resposta em Max.

— Hoje à noite — disse ele com confiança, segurando a mão de Diana. — Iremos hoje à noite. Quanto mais cedo acabarmos com isso, melhor.

Eles tinham uma hora até o crepúsculo, o tempo certo para chegar às cavernas ainda com a luz do sol e para partir protegidos pelo manto da noite. Precisaram de três barcos para acomodar todos. Cassie, Adam, Diana e Scarlett foram na frente, sob a orientação de Max. À medida que remavam para mais perto das cavernas, os nervos de Cassie começaram a levar a melhor, e, de repente, ela queria que eles tivessem preparado um plano de apoio. Ela não queria aparentar dúvida naquele momento, mas agora que estavam na água, tendo apenas como guia a palavra de Max, Cassie queria que o Círculo pelo menos tivesse considerado uma estratégia de fuga. E se Max os estivesse simplesmente entregando ao covil dos caçadores, como uma carga?

Cassie olhou para Faye, no barco atrás do dela. Elas se olharam nos olhos, e Cassie de imediato entendeu que Faye estava preparada para qualquer coisa. Estava empoleirada na beira da proa, observando e calculando. Cassie assentiu para ela. Pela primeira vez, a natureza desconfiada e perspicaz de Faye servia como o conforto que mais necessitava, e Cassie agradecia por isso. Se tudo se mostrasse uma armadilha, Faye estava completamente preparada para eliminar Max e salvar o Círculo — e Cassie se juntaria a ela.

Enquanto os barcos se aproximavam das cavernas, as fendas enormes cresciam, mas não ficavam menos ameaçadoras. Quando eles chegaram a uma distância de caminhada da entrada da caverna principal, Cassie teve a sensação de que estava prestes a entrar na boca de um dragão de pedra.

— Chegamos — anunciou Max com seriedade. — Levantem-se devagar, a não ser que estejam com vontade de nadar.

Ele sorriu, e Cassie reconheceu o calor humano em seu rosto pela primeira vez. Ela retribuiu a expressão dele com o maior afeto que pôde. De certo modo, os problemas de Max não eram diferentes dos dela. Como Cassie, ele estava preso entre dois lados opostos, entre as trevas e a luz, a natureza do pai e seu livre-arbítrio. Ajudar o Círculo não devia ser uma decisão simples para ele.

— Obrigada — disse-lhe Cassie, na esperança de transmitir alguma camaradagem.

Max assentiu, e Cassie rezou em silêncio para que eles tivessem razão em confiar em Max. Pelo bem dele e o dela.

Cassie saiu do barco a remo com cuidado e estendeu a mão para Adam firmá-la em terra. Ela apertou bem sua mão, precisando dele perto, agora mais do que nunca. Ocorreu à Cassie que se aquele ataque não desse certo, se eles fracassassem, poderia significar a morte. Esses momentos podiam muito bem ser os últimos. E então uma ideia muito mais assustadora passou pela cabeça de Cassie. E se ela sobrevivesse, mas não Adam? A ideia de continuar sem ele lhe era insuportável.

Cassie tentou absorver cada detalhe de Adam como ele estava agora. Os olhos azuis elétricos e o cabelo desgrenhado, e a força que brilhava em suas feições mesmo nos piores momentos; talvez em particular nos piores momentos.

— Não quero soltar a sua mão — disse Cassie.

— Ainda bem, porque não vou deixar. — Adam levou os dedos de Cassie aos lábios. — Nunca.

Todo o Círculo então se deu as mãos, para ligar seu poder. Caminharam para as cavernas em uma longa fila, preparados para recitar o encantamento negro que memorizaram.

O estômago de Cassie se contorcia de medo e ela reprimiu o impulso de voltar aos barcos e remar para casa. Olhou para trás e viu Max se dirigindo às cavernas atrás deles. Ele observaria o confronto de uma distância segura. Sua expressão era de amor e honra, e ele se concentrava unicamente em Diana. Qualquer ansiedade residual que Cassie ainda tivesse, de seriam levados para uma armadilha, desapareceu ali. O cordão que ligava Max à Diana também o ligava a todo o Círculo — e ele estava tão dedicado àquela missão quanto os demais.

Uma luz de vela foi a primeira coisa que Cassie notou ao entrar na caverna. Bruxuleava em clarões laranja e amarelos contra a parede, iluminando seu caminho mais para dentro das entranhas da caverna escura.

Cassie ouviu o murmúrio baixo dos caçadores antes de conseguir vê-los. Lá estavam eles: o Sr. Boylan, Jedediah Felton e Louvera Felton, com outros dois que Cassie nunca viu. Estavam reunidos como Max tinha dito, e se ajoelhavam em estado meditativo, realizando algum ritual. Todos tinham os olhos fechados e a cabeça baixa para um altar de composição complexa. As relíquias antigas estavam no chão ao lado deles.

Adam segurou com mais força a mão de Cassie, e com a outra mão Cassie apertou os dedos de Diana. De súbito, ela teve uma aguda consciência da própria respiração e do leve som de seus passos no piso de pedra da caverna. Teve a nítida impressão de que o feitiço que estavam prestes a fazer enchia seu coração e pulmões. Ele corria por suas veias.

É agora, pensou ela e mal conseguia conter o desejo urgente de pronunciar as palavras. Elas continham cada desejo, esperança, medo e necessidade de Cassie.

Os caçadores continuavam imóveis, sem perceber a invasão iminente. Era o momento perfeito. As palavras, na realidade sons que Cassie tinha memorizado, formaram-se em seus lábios quase por vontade própria. Elas a dominaram completamente. Devia estar acontecendo o mesmo com todos do Círculo. Cada um deles parecia em transe, mesclado ao feitiço, assim como Cassie.

Os doze ainda avançavam, poderosos e banhados na escuridão. Lançavam a maldição, entoando em uníssono, antes mesmo que os caçadores soubessem de sua chegada.

29

Foi diferente de qualquer magia que Cassie tivesse conjurado na vida. A energia subjacente às palavras se agitou por ela como aconteceu quando pronunciou o feitiço no terraço, porém aquela maldição era exponencialmente mais poderosa. Tinha a força do apoio de todo o Círculo. A caverna tremia e se sacudia à volta deles. Pedras esfarelavam no chão. Os elementos parecia se curvar à vontade do Círculo.

Os caçadores despertaram do transe, em pânico. Cassie registrou o terror no rosto deles e o puro choque de ser emboscado em sua área de segurança. Eles foram apanhados de surpresa.

Os caçadores começaram a recitar as mesmas palavras do terraço e da mata, e suas relíquias revelaram a marca dos caçadores em cada membro do Círculo. Como no terraço antes de Suzan ser morta, o símbolo do caçador brilhou forte no peito de cada um deles. Porém, contra a maldição do Círculo, as relíquias dos caçadores não tiveram outro efeito. O Sr. Boylan sacudia a dele como um controle remoto de pilha fraca, frustrado e enfurecido com seu fracasso.

Por desespero, ele pegou uma pedra no chão e jogou em Cassie. Os outros caçadores seguiram seu exemplo, pegando o que pudessem atirar. Mas o Círculo continuava intocável. O ar em volta deles desviava as pedras e objetos estranhos lançados como um campo de força protetor. O domínio do Círculo era impenetrável.

Cassie se sentia calma e com mais controle do que nunca sobre sua magia. E jamais na vida todos os membros do Círculo trabalharam juntos de forma tão perfeita, com a eficiência de uma máquina. Talvez Cassie os tivesse subestimado, e também a si mesma.

Os caçadores enfraqueciam rapidamente sob o efeito do feitiço. Scarlett disse que seria rápido e indolor, que estaria acabado antes que os caçadores soubessem o que os atingira. Agora atingia a eles com toda força. O Sr. Boylan oscilava nas pernas bambas, sem mais conseguir levantar os braços para se defender. A pele de seu rosto e do pescoço ficara lívida e murcha. Ele parecia envelhecer décadas diante dos olhos de Cassie.

O caçador idoso, Jedediah, caiu de joelhos, com a cabeça entre as mãos. Torcia o cabelo branco nos dedos enrugados e abriu a boca para gritar, mas não lhe escapou som nenhum. A visão dele lembrou Cassie de uma pintura famosa — aquele rosto fantasmagórico de boca escancarada de choque. Como a própria pintura, o grito do velho era imóvel e silencioso.

Louvera, a filha, levantou sua relíquia de pedra como um escudo e a agitava de um lado a outro numa tentativa de se proteger. Mas suas mãos tremiam com tal intensidade que ela mal conseguia segurá-la. Escorregou de seus dedos e caiu no chão com um baque. Ela se esgueirou por ali, tentando com urgência recuperá-la.

O feitiço funcionava impecavelmente. Cassie notou que a marca do caçador em seu peito começava a desbotar. A cada segundo, o símbolo ficava mais indistinto, mais fraco, como se perdesse carga. Agora não demoraria muito para que as relíquias perdessem todo seu poder, e as marcas fossem apagadas para sempre. E então o Círculo estaria a salvo e os caçadores jamais voltariam a ser uma ameaça para eles.

Uma estranha calma e otimismo dominaram Cassie. Sua mente vagou para um lugar mais agradável, onde ela imaginou um futuro para si e os amigos, livres daquela rivalidade pesada e antiga. Agora eles estavam muito perto de transformar seu mundo em uma realidade em que Diana e Max poderiam se amar e nenhum deles teria que se esconder em salas secretas ou cavernas. Caçadores e bruxos, eles estariam libertados.

Então Jedediah caiu de costas, estatelado. Os olhos azuis-gelo estavam abertos e fixos, mas tinham perdido toda a emoção, todo sentimento. Cassie se lembrou do mesmo olhar frio em outros que um dia ela conhecera e amara: sua avó, a tia Constance de Melanie e Suzan. Ela conhecia bem aquele olhar e de imediato entendeu que não foram eliminados só os poderes do velho, mas também sua vida.

Louvera tentava desesperadamente se arrastar até ele, mas não conseguia. Um instante depois, tombou, com a mesma rigidez fria e sem vida nos olhos.

— Não! — Max se precipitou pela entrada da caverna. — Vocês os estão matando! — gritou.

Mas Cassie não conseguia parar. Nenhum deles podia. O feitiço tinha sido desencadeado e operava por meio do

Círculo. As palavras saíam de seus lábios, mas eles eram meros espectadores do efeito.

— Vocês precisam parar! — gritou Max diretamente na cara de Diana, mas ela não teve reação nenhuma. Era como se seus olhos nem mesmo conseguissem enxergar.

Passivos como vasos vazios, o Círculo derrubou os outros dois caçadores no chão, mortos. Max ficou parado ali, horrorizado. Não podia fazer nada, vendo os companheiros caçadores caírem como dominós em volta dele. Sem sua relíquia, ele estava ao mesmo tempo imune à maldição e impotente para tentar impedi-la.

Ele correu até o pai, passou os braços por ele e tentou levantá-lo.

— Vou tirar você daqui.

Parecia que o pai não sabia se era realmente o filho que vinha em seu auxílio ou apenas uma miragem. Fosse como fosse, estava fraco demais para se mexer.

Max começou a chorar.

— Pai, me desculpe — disse ele. — Me perdoe, por favor.

O Sr. Boylan não esboçou reação nenhuma. Só conseguiu olhar seu menino, perplexo e apavorado.

— Eu te amo — disse Max. — Está me ouvindo, pai? Eu amo você.

Mas os olhos do pai tinham virado pedra. Sua respiração cessara. Era apenas seu corpo sem vida deitado nos braços de Max.

O feitiço terminou no momento da morte dele. Todos no Círculo de súbito despertaram, como que de um sonho, e se olharam, espantados. Havia certo alívio no ar. Eles venceram; isso eles entendiam. Mas eles tinham... matado?

Cassie olhou para Adam. Ele estava pálido e doentio, como se fosse desmaiar.

Diana também parecia meio tonta, incapaz de entender o que havia acabado de acontecer.

Cassie falou por ela.

— Max — disse ela. — Não sabíamos o que ia acontecer. O feitiço só deveria desativar as relíquias. Jamais teríamos feito se soubéssemos que os caçadores perderiam a vida. Não é assim que nosso Círculo age.

— Vocês acabaram de matar meu pai — disse Max. — Ele morreu! Entendem isso? — Ele correu os olhos com desprezo por cada membro do Círculo. — Eu confiei em vocês. E vocês me traíram. — Ele deitou gentilmente o corpo do pai e se afastou com lágrimas escorrendo pelo rosto.

Max fuzilou Diana com o olhar.

— Não venha atrás de mim — disse ele, e, pelo modo como falou, parecia uma ameaça brutal. Em seguida, saiu correndo da caverna e desapareceu rapidamente de vista.

Diana ficou aturdida, mas Cassie podia sentir a mágoa da melhor amiga como se fosse sua. A culpa e o remorso que ela devia estar sentindo eram inimagináveis, o bastante para deixá-la em estado de choque.

Cassie se aproximou lentamente dela. Colocou a mão no ombro de Diana, na esperança de lhe dar algum conforto. Diana, porém, focou em Cassie de um jeito intenso que levou a amiga a parar, assustada. Os olhos de Diana eram negros como breu.

— Pode ele fugir para lá — disse ela. — Mas será morto perante seus inimigos. — Sua voz era grave e áspera, não tinha nada do tom normal.

Cassie ficou alarmada demais para mover um músculo.

— Diana? Você está...

— Rejubilemo-nos em nossa vitória. — Diana se voltou com eloquência para Scarlett. — Teu, ó líder — disse ela, curvando-se para Scarlett —, é o poder maior. E tu és exaltado como superior a todos nós.

Scarlett assentiu, e Cassie notou os cantos de sua boca se elevarem ligeiramente.

— Eu te disse que teria meu Círculo — disse ela.

30

Cassie olhou em volta, confusa. Algo estranho acontecia com todos os membros do Círculo.

Adam tinha um estranho sorriso de escárnio. Suas mãos se cerraram em punhos, e ele trincava os dentes. Pingava suor da testa pelo rosto, mas ele parecia não perceber. Também encarava Cassie com olhos escurecidos e estreitos.

Um calafrio correu pela coluna de Cassie.

— Scarlett — disse ela. — Me diga o que você fez com eles.

— Eu não fiz nada. — Scarlett sorriu com malícia. — Eles fizeram consigo mesmos, lançando esse feitiço contra os caçadores. Qualquer feitiço lançado do livro de nossa família por um membro que não seja um familiar invoca a nossa linhagem. Cria um portal perfeito em nosso mundo para alguns espíritos inquietos.

Cassie olhou para os amigos ao redor dela, todos agora estranhos a ela. Sean resmungava em uma língua incoerente enquanto Chris ria como um louco, e Doug convulsionava no chão. Melanie e Laurel tinham o rosto alterado. Não pareciam elas mesmas e conversavam em vozes que não eram delas: a de Melanie era grave e rouca enquanto a de Laurel era aguda e jocosa como de uma criança.

— Sou falsamente acusada — declarou Melanie, enquanto se balançava para a frente e para trás.

Laurel riu e bateu palmas, respondendo num cantarolar penetrante.

— Mas você será condenada à forca.

— Conheça a família — disse Scarlett.

Cassie vacilou.

— Não entendo.

— Alguns ainda estão atravessando. — Scarlett gesticulou para Chris, Doug e Sean. — Mas eles estarão prontos e falando como os outros em breve.

— Quem são eles?

Scarlett sorriu.

— Nossos ancestrais. São as pessoas que legaram o Livro das Sombras a Black John.

Cassie olhou para os amigos, aos poucos entendendo a verdade: a fala de línguas estrangeiras, convulsões, mudanças na entonação vocal e na expressão facial, uma força sobre-humana.

— O Círculo está possuído — disse ela.

Scarlett revirou os olhos.

— Ah, dãã. Esses espíritos estiveram esperando para se manifestar por centenas de anos, para recuperar seu poder. E nós demos a eles.

Adam avançou um passo. Suas mãos não estavam mais cerradas, e ele parou de transpirar, mas os olhos continuavam inexpressivos e negros. Seu corpo devia estar lutando contra a possessão, mas agora ele foi completamente dominado.

Ele assentiu com confiança para Cassie, depois fez uma mesura para Scarlett.

— Não mais em grilhões — anunciou ele. — A ti, estou em dívida. — Ele levou as mãos de Scarlett aos lábios e a beijou.

— Ah, sim — disse Scarlett, sorrindo. — E eu sou a líder deles.

— Você não é minha líder — exclamou Faye. Ela piscou os olhos e olhou em volta, avaliando a situação. Parecia meio tonta, mas seus olhos voltaram à cor normal.

Cassie soltou um suspiro de alívio.

— Faye, graças a Deus você está bem.

Faye jogou a cabeleira preta para trás e virou a cabeça de lado. Com a mesma rapidez com que Faye aparentou normalidade, seus olhos ficaram escuros como a noite. Cassie recuou, amedrontada. Arranhões e marcas de dentada se avermelhavam nas mãos e braços de Faye, e lesões em forma de enguias se formavam no pescoço e no rosto.

— Estou do seu lado, Cassie — falou Faye, aproximando-se ainda mais. — E quero que você esteja do meu.

— Cassandra tem o livro. Ela é nossa — disse uma voz destemida atrás de Cassie. Era Adam. Suas feições agora eram firmes e sérias.

Diana fechou os dedos e se contorceu.

— Cassandra não se oporá a nós; seu sangue é necessário.

Cassie continuou a recuar, afastando-se do grupo, e percebeu que Scarlett tinha desaparecido. Ela a viu no exato momento em que estava prestes a fugir pela boca da caverna.

❖ 233 ❖

— Então era este seu plano o tempo todo? — Cassie correu atrás de Scarlett, gritando. — Nos envenenar para que você tivesse um Círculo de magia negra?

Scarlett se virou rapidamente e pôs as mãos nos quadris.

— O que foi que você me perguntou na Casa da Missão mesmo? "Quem é a favorita do papai?" Agora você tem a resposta.

— Mas nenhum de nós precisa ser isso.

Scarlett prosseguiu em direção à água e não mostrou sinais de reduzir o passo ou mesmo de estar ouvindo.

— Traga-nos o livro, minha cara — exclamou Adam.

— Fui acusada falsamente, mas o livro nos libertará — repetiu a voz grave de Melanie.

É claro. Scarlett ia para casa pegar o Livro das Sombras do pai das duas. Mas de maneira nenhuma Cassie permitiria que isso acontecesse. A energia sombria ainda corria também nela; os resquícios do feitiço maligno continuavam em suas veias. Ela o alcançou mentalmente, por seu sangue e pelos ossos. Ergueu as mãos, lançou cada vestígio de seu poder para Scarlett e gritou, *"Non fujam!"*

Scarlett de imediato foi lançada para trás, como se tivesse esbarrado em uma vidraça.

Do chão, ela se virou para Cassie, aturdida.

— Você não fez isso.

— *Congelasco* — disse Cassie, paralisando Scarlett.

Depois, sem hesitar, Cassie ergueu as mãos para o céu.

— *Spelunca est a carcere!*

Agora ninguém além de Cassie estava livre para sair da caverna. Vieram gritos agudos de todo o Círculo, que lutava em vão para segui-la.

— Ela nos atraiçoou! — gritou Diana.

— Cassandra! — Adam a chamou com nobreza. — Está cometendo um erro terrível.

Porém, antes que qualquer um deles tivesse a oportunidade de tentar impedi-la, Cassie correu para a água. Subiu em um dos barcos e bateu os remos no mar. Remou com força, ainda de frente para a boca da caverna. O sol se punha em tons de rosa e roxo, delineando o arco da caverna em uma silhueta reluzente. Em qualquer outra circunstância, Cassie teria considerado aquela uma visão bela.

31

Cassie voltou para casa suando frio. As roupas foram respingadas de água por ela ter remado furiosamente; ela queria se afastar das cavernas com a maior rapidez possível. Agora estava a salvo em seu quarto, mas estava sozinha — nunca esteve tão só em toda a vida. Os amigos e seu único e verdadeiro amor estavam perdidos para ela. A mãe tinha saído, mas, mesmo que estivesse em casa, como Cassie poderia explicar a terrível série de acontecimentos, em particular quando começou com a própria Cassie desobedecendo ao aviso da mãe? Tudo isso era culpa dela. E só ela poderia corrigir.

Ela se virou para onde ele estava na mesa, em meio a canetas e clipes de papel, enganosamente tranquilo. Porque apenas posava como um livro. Não era só um monte de papel costurado com uma capa; era uma entidade, viva como Cassie. Agora ela entendia isso. Ela pegou o livro e se sentou na beira da cama, colocando-o no colo.

Lembrou-se da última vez em que se sentou assim, naquela mesma posição, quando a mãe lhe presenteou com ele. Cassie desde então cometeu muitos erros.

❖ 237 ❖

Cassie passou os dedos pela capa de couro envelhecida do livro. Quando a mãe ofereceu o livro a ela, disse que nas mãos erradas podia ser extremamente perigoso. O que ela não sabia na época é que ele era extremamente perigoso mesmo nas mãos certas. A mãe havia garantido que Cassie tinha forças suficientes para lidar com ele, mas não era verdade. Na época, Cassie não era tão forte assim.

Agora era.

Cassie acompanhou com a ponta do indicador a gravação do símbolo na capa do livro. Cravou as unhas nas marcas já arranhadas em sua superfície. O livro ainda parecia cruel em suas mãos, mas daquela vez seria diferente. Daquela vez ela possuía completo conhecimento sobre onde estava se envolvendo, e faria tudo certo.

Ela respirou fundo e abriu o livro de novo, como se fosse a primeira vez.

De imediato seus olhos se fundiram à página, às palavras no papel amarelado. No início pareciam as mesmas de antes, mas o texto começou aos poucos a definhar e perder a cor. As linhas e símbolos arcaicos pareciam ficar mais leves e flutuar da página. Assumiam novas formas e novos arranjos, e os volteios de cada pincelada se endireitaram em um plano de letras que Cassie reconhecia. De súbito, ela conseguia decifrar a língua do livro e traduzir para a sua própria.

Palavras específicas saltaram para ela: *spiritus imundus*, espírito maligno; *daimonium*, demônio.

Nytramancia, as artes negras.

Algumas palavras formaram o que Cassie compreendia ser títulos de outros livros. *Das puch aller verpoten kunst, ungelaubens und der zaubrey*. O Livro de Todas as Artes Proibidas, Heresia e Feitiçaria. *De Exorcismis et Supplicationibus Quibusdam*. Sobre Exorcismos e Algumas Súplicas.

Sacrifícios, pactos.

Conjurações, controle dos espíritos.

Ali estavam os ritos negros que Cassie teria de aprender para salvar os amigos — e Adam. Ela precisava dominar a maldade do livro, sem temê-la e sem ter vergonha da sua ligação com ele. Era seu destino; daquilo não havia dúvida. Mas ela não sabia como faria isso sozinha.

Este livro foi composto na tipologia Adobe Caslon Pro,
em corpo 11,5/15,8, e impresso em papel off-white
no Sistema Cameron da Divisão Gráfica
da Distribuidora Record.